Hors de l'âbime du temps

Cor Charron and Edgar Rice Burroughs

Published by Cor Charron, 2023.

HORS DE L'ÂBIME DU TEMPS

First edition. October 13, 2023.

ISBN: 979-8223215240

Written by Cor Charron and Edgar Rice Burroughs.

HORS DE L'ABÎME DU TEMPS

1

Sommaire

CHAPITRE I

C eci est le récit de Bradley après son départ de Fort Dinosaur, sur la côte ouest du grand lac situé au centre de l'île.

Le quatrième jour de septembre 1916, il s'embarqua avec quatre compagnons, Sinclair, Brady, James et Tippet, à la recherche d'un endroit le long des falaises barrières où elles pourraient être escaladées.

À travers l'air épais de Caspak, sous le soleil brûlant, les cinq hommes marchèrent vers le nord-ouest en partant de Fort Dinosaur, parfois immergés jusqu'à la taille dans les luxuriantes herbes de la jungle parsemées de myriades de fleurs magnifiques, puis traversant des prairies ouvertes et des espaces parcourus de bosquets, pour ensuite replonger dans des forêts d'eucalyptus, d'acacias et de fougères géantes aux frondes plumeuses qui ondulaient doucement à cent pieds au-dessus de leurs têtes.

À leurs pieds, parmi les arbres et dans l'air au-dessus d'eux, se déplaçaient, se balançaient et planaient d'innombrables formes de la vie foisonnante de Caspak. Toujours menacés par quelque chose de terrifiant, rarement leurs fusils étaient au repos. Pourtant, même pendant le court laps de temps qu'ils avaient passé sur Caprona, ils étaient devenus insensibles au danger, si bien qu'ils avançaient en riant et en bavardant comme des soldats en promenade estivale.

"Ça me rappelle South Clark Street", fit remarquer Brady, qui avait déjà servi dans l'escouade de la circulation à Chicago, sans que personne ne lui demande pourquoi. Il ajouta de sa propre initiative que c'était "parce que ce n'est pas un endroit pour un Irlandais".

"South Clark Street et le paradis ont quelque chose en commun, alors", suggéra Sinclair. James et Tippet rirent, puis un grondement hideux se fit entendre dans un fourré dense devant eux, détournant leur attention vers d'autres préoccupations.

"Un de ces monstres de l'Écriture Sainte", murmura Tippet alors qu'ils s'arrêtaient et attendaient presque inévitablement la charge, prêts avec leurs armes.

"Ces affamés", dit Bradley, "toujours à essayer de tout manger qu'ils voient."

Pendant un moment, il n'y eut aucun autre bruit en provenance du fourré. "Il doit être en train de se nourrir", suggéra Bradley. "Nous allons essayer de le contourner. On ne peut pas gaspiller les munitions. Elles ne dureront pas éternellement. Suivez-moi." Et il se dirigea à angle droit par rapport à leur trajectoire précédente, espérant éviter une charge. Ils avaient fait une douzaine de pas, peut-être, lorsque le fourré s'agita à l'avance de la créature qui s'y trouvait, les branches feuillues se séparèrent, et la tête hideuse d'un ours géant émergea.

"Choisissez vos arbres", murmura Bradley. "On ne peut pas gaspiller les munitions."

Les hommes regardèrent autour d'eux. L'ours fit quelques pas en avant, grognant toujours de manière menaçante. Il était exposé jusqu'aux épaules à présent. Tippet jeta un coup d'œil à la bête et courut vers l'arbre le plus proche. Puis, l'ours chargea. Il se rua droit sur Tippet. Les autres hommes se dispersèrent vers les différents arbres qu'ils avaient choisis, sauf Bradley. Il se tenait là à regarder Tippet et l'ours. Tippet avait une bonne avance et l'arbre n'était pas loin, mais la vitesse de la créature énorme derrière lui était quelque chose d'incroyable. Pourtant, Tippet était en bonne voie pour atteindre son refuge quand son pied se prit dans un enchevêtrement de racines et il tomba, son fusil s'envolant de sa main et tombant à plusieurs mètres de là. Bradley leva instantanément son arme à son épaule, il y eut un coup sec suivi d'un rugissement de rage et de douleur mêlées venant du carnivore. Tippet tenta de se relever.

"Allonge-toi !" cria Bradley. "On ne peut pas gaspiller les munitions."

L'ours s'arrêta net, fit volte-face vers Bradley, puis à nouveau vers Tippet. Encore une fois, le fusil de Bradley cracha de colère, et l'ours se tourna de nouveau dans sa direction. Bradley cria fort. "Viens, toi, monstre de l'Écriture Sainte !" cria-t-il. "Viens, idiot ! On ne peut pas gaspiller les munitions." Et alors qu'il voyait l'ours apparemment sur le point de décider de le charger, il encouragea l'idée en reculant rapidement, sachant qu'une bête en colère aura plus souvent tendance à charger quelqu'un qui bouge qu'à quelqu'un qui reste immobile.

Et l'ours chargea. Comme un éclair, il fonça sur l'Anglais. "Maintenant, cours !" Bradley cria à Tippet, et il se tourna lui-même en fuite vers un arbre voisin. Les autres hommes, désormais en sécurité perchés sur diverses branches, regardèrent la course avec un intérêt haletant. Bradley y parviendrait-il ? Cela semblait à peine possible. Et s'il ne le faisait pas ! James eut un haut-le-cœur à cette pensée. À six pieds à l'épaule se dressait la montagne effroyable de chair et d'os enragée et de tendons qui fonçait à la vitesse d'un train express sur l'homme qui semblait se déplacer lentement.

Tout cela s'est déroulé en quelques secondes, mais ce sont des secondes qui ont semblé durer des heures pour les hommes qui observaient. Ils virent Tippet se précipiter sur ses pieds à l'avertissement de Bradley. Ils le virent courir, se baissant pour récupérer son fusil lorsqu'il passa à l'endroit où il était tombé. Ils le virent jeter un coup d'œil en arrière vers Bradley, puis ils le virent s'arrêter juste avant l'arbre qui aurait pu lui offrir la sécurité et revenir en direction de l'ours. Tirant en courant, Tippet se lança à la poursuite du grand ours des cavernes - cette monstrueuse créature qui aurait dû être éteinte depuis des âges - courut vers lui et tira même lorsque la bête était presque sur Bradley. Les hommes dans les arbres retenaient leur souffle. Il leur semblait tellement futile à Tippet de faire cela, et Tippet, de tous les hommes ! Ils n'avaient jamais considéré Tippet comme un lâche - il ne semblait y avoir aucun lâche parmi cette étrange compagnie que le destin avait rassemblée des quatre coins de la terre - mais Tippet passait pour un homme prudent. Trop prudent, pensaient certains. À quel point lui et son petit pistolet paraissaient futiles alors qu'il se précipitait après cette machine de destruction vivante ! Mais, oh, que c'était glorieux ! C'est une pensée du genre qui traversa l'esprit de Brady, bien que formulée autrement, bien que plus énergiquement.

C'est alors que Brady pensa à tirer, et lui aussi ouvrit le feu sur l'ours. Mais à ce même instant, l'animal trébucha et tomba en avant, tout en grognant de la manière la plus effrayante. Tippet ne cessa pas de courir ni de tirer jusqu'à ce qu'il se tienne à un pied de la bête, qui gisait presque en touchant Bradley et tentait déjà de se relever. Plaçant la bouche de son fusil contre l'oreille de l'ours, Tippet tira sur la gâchette. La créature s'affaissa mollement sur le sol et Bradley se releva.

"Beau travail, Tippet", dit-il. "Vraiment très reconnaissant - un gaspillage terrible de munitions, en réalité."

Et puis ils reprirent leur marche, et en quinze minutes, l'incident cessa même d'être un sujet de conversation.

Pendant deux jours, ils continuèrent leur chemin périlleux. Les falaises se dressaient déjà hautes et menaçantes juste devant eux, sans signe de fissure pour encourager l'espoir qu'elles pourraient être escaladées quelque part. En fin d'après-midi, le groupe traversa un petit ruisseau d'eau chaude, à la surface duquel flottaient des millions de minuscules œufs verts, entourés d'une fine écume de la même couleur, mais d'un ton plus sombre. Leur expérience passée de Caspak leur avait appris qu'ils pouvaient s'attendre à trouver un étang stagnant d'eau chaude s'ils suivaient le cours du ruisseau jusqu'à sa source. Cependant, là, ils étaient presque certains de rencontrer certaines des créatures grotesques et humanoïdes de Caspak. Depuis leur débarquement de l'U-33, après son périlleux voyage à travers le canal souterrain sous les falaises barrières qui les avait conduits dans la mer intérieure de Caspak, avaient-ils déjà rencontré ce qui semblait être trois types distincts de ces créatures. Il y avait les singes purs, de gigantesques bêtes semblables à des gorilles, et ceux qui marchaient un peu plus droit et avaient des traits un peu plus humains. Puis il y avait des hommes comme Ahm, qu'ils avaient capturé et confiné à la forteresse. Ahm, le membre de club. Tyler l'avait appelé "l'homme du club bien connu". Ahm et son peuple avaient la connaissance d'une parole. Ils avaient une langue, ce qui les distinguait de la race inférieure, et ils marchaient beaucoup plus droit et étaient moins velus. Mais c'était principalement le fait qu'ils possédaient un langage parlé et portaient une arme qui les différenciait des autres.

Tous ces peuples s'étaient révélés extrêmement belliqueux. Comme le reste de la faune de Caprona, la première loi de la nature, telle qu'ils semblaient la comprendre, était de tuer, tuer, tuer. C'est pourquoi Bradley n'avait aucune envie de remonter le petit ruisseau en direction de l'étang près duquel se trouvaient certainement les grottes d'une tribu sauvage. Cependant, le destin leur joua un tour cruel, car l'étang était beaucoup plus proche que ce qu'il imaginait. Son extrémité sud s'étendait sur environ un mille au sud du point où ils avaient traversé le ruisseau. C'est ainsi qu'après s'être frayé un passage à travers un enchevêtrement de végétation jungle, ils débouchèrent sur le bord de l'étang qu'ils avaient cherché à éviter.

Presque simultanément, apparut au sud d'eux un groupe d'hommes nus armés de massues et de hachettes. Les deux groupes s'arrêtèrent en se découvrant. Les hommes de la forteresse virent devant eux un groupe de chasseurs visiblement en train de revenir à leurs grottes ou village, chargés de viande. Ils étaient de grands hommes avec des traits qui ressemblaient étroitement à ceux des Noirs africains, bien que leur peau fût blanche. De courts poils recouvraient une grande partie de leurs membres et de leurs corps, qui conservaient encore une trace considérable de leurs ancêtres simiesques. Ils étaient cependant d'un type nettement supérieur aux Bo-lu, ou membres de club.

Bradley aurait préféré éviter une rencontre, mais comme il souhaitait mener son groupe vers le sud autour de l'extrémité de l'étang, et que celui-ci était enfermé d'un côté par la jungle et de l'autre par l'eau, il semblait n'y avoir aucun moyen d'échapper à un affrontement.

Dans l'espoir d'éviter un affrontement, Bradley s'avança avec la main levée. "Nous sommes des amis", appela-t-il dans la langue d'Ahm, le Bo-lu, qui avait été retenu prisonnier à la forteresse, "laissez-nous passer en paix. Nous ne vous ferons pas de mal."

À cela, les hommes aux haches se mirent à jacasser bruyamment avec beaucoup de rires, forts et bruyants. "Non", cria l'un d'entre eux, "vous ne nous ferez pas de mal, car nous allons vous tuer. Venez ! Nous tuons ! Nous tuons !" Et avec des cris horribles, ils se précipitèrent sur les Européens.

"Sinclair, vous pouvez tirer", dit Bradley calmement. "Éliminez le chef. On ne peut pas gaspiller les munitions."

L'Anglais leva son arme sur son épaule et prit une visée rapide sur la poitrine du sauvage hurlant qui leur fonçait dessus. Directement derrière le chef se trouvait un autre homme aux haches, et avec le coup de feu du fusil de Sinclair, les deux guerriers se précipitèrent dans l'herbe haute, transpercés par la même balle. L'effet sur le reste de la bande fut électrique. Comme un seul homme, ils s'arrêtèrent brusquement, tournèrent vers l'est et se précipitèrent dans la jungle, où les hommes pouvaient les entendre ouvrir un passage dans un effort pour mettre autant de distance que possible entre eux et les auteurs de ce bruit nouveau et effrayant qui tuait les guerriers à grande distance.

Les deux sauvages étaient morts lorsque Bradley s'approcha pour les examiner, et alors que les Européens se rassemblaient autour, d'autres yeux se posèrent sur eux avec une plus grande curiosité que celle qu'ils manifestaient pour la victime de la balle de Sinclair. Lorsque le groupe reprit sa marche autour de l'extrémité sud de l'étang, le propriétaire de ces yeux les suivit, des yeux grands et ronds, presque sans expression, à l'exception d'une certaine cruauté glaciale qui luisait malignement sous leurs iris gris pâle.

Complètement inconscients du traqueur, les hommes arrivèrent, en fin d'après-midi, à un endroit qui semblait propice comme lieu de campement. Une source froide jaillissait de la base d'une formation rocheuse qui surplombait partiellement un petit enclos. Sur ordre de Bradley, les hommes s'acquittèrent des tâches qui leur étaient assignées : ramasser du bois, allumer un feu de cuisine et préparer le repas du soir. C'est alors qu'ils étaient ainsi occupés que l'attention de Brady fut attirée par le battement lugubre d'ailes gigantesques. Il leva les yeux, s'attendant à voir l'un des grands reptiles volants d'une époque révolue, son fusil prêt dans la main. Brady était un homme courageux. Il avait grimpé à tâtons dans des escaliers étroits d'un immeuble et avait désarmé un maniaque armé dans une pièce sombre sans broncher, mais maintenant, en levant les yeux, il devint blême et recula.

"Mon Dieu !" s'écria-t-il presque en criant. "Qu'est-ce que c'est ?"

Attirés par le cri de Brady, les autres saisirent leurs fusils en suivant son regard écarquillé et fixe, et il n'y en eut pas un d'entre eux qui ne fût ému par une sorte de terreur ou d'admiration. Puis, Brady parla à nouveau d'une voix presque inaudible. "Que la Sainte Mère nous protège - c'est une banshee !"

Bradley, toujours calme, presque indifférent face au danger, ressentit une étrange sensation rampante lui parcourir la chair lorsque lentement, à moins de cent pieds au-dessus d'eux, la chose battit des ailes dans le ciel, ses énormes yeux ronds fixés sur eux. Et jusqu'à ce qu'elle disparaisse au-dessus des cimes des arbres d'un bois voisin, les cinq hommes restèrent comme pétrifiés, les yeux rivés sur cette forme étrange, sans jamais sembler se rappeler qu'ils tenaient un fusil chargé dans leurs mains.

Avec le départ de la créature vint la réaction. Tippet s'affaissa par terre et enfouit son visage dans ses mains. "Oh, mon Dieu", gémit-il. "Emmenez-moi loin de cet endroit horrible." Brady, remis du premier choc, jura bruyamment et de façon colorée. Il appela tous les saints à témoigner qu'il n'avait pas peur et que n'importe qui aurait pu voir que la créature n'était rien de plus qu'un "de ces alligators volants" avec lesquels ils étaient familiers.

"Oui", dit Sinclair avec un sarcasme bien senti, "on en a tellement vu avec des draps blancs par-dessus."

"Allez, tais-toi, imbécile !" grogna Brady. "Si tu en sais autant, dis-nous alors ce qu'il cherchait à faire."

Puis il se tourna vers Bradley. "Qu'est-ce que c'était, monsieur, à votre avis ?" demanda-t-il.

Bradley secoua la tête. "Je ne sais pas", dit-il. "Cela ressemblait à un être humain ailé vêtu d'une longue robe blanche. Son visage était plus humain qu'autre chose. C'est ainsi que ça m'a paru, mais ce que c'était réellement, je ne peux même pas le deviner, car une telle créature est bien au-delà de mon expérience ou de mes connaissances, tout comme elle l'est des vôtres. Tout ce dont je suis sûr, c'est que quoi d'autre que cela puisse être, c'était bien matériel - ce n'était pas un fantôme ; plutôt une autre des formes étranges de vie que nous avons rencontrées ici et avec lesquelles nous devrions être habitués à ce stade."

Tippet leva les yeux. Son visage était toujours livide. "Vous ne pouvez pas me dire", s'écria-t-il. "Je l'ai vu. Sacré bleu, je l'ai vu. C'était un homme mort volant dans les airs. Je n'ai pas vu ses yeux ? Oh mon Dieu ! Je ne les ai pas vus ?"

"Ça ne ressemblait à aucune bête ou reptile pour moi", intervint Sinclair. "Il me regardait droit en bas quand j'ai levé les yeux et j'ai vu son visage clairement comme je vois le vôtre. Il avait de grands yeux ronds qui avaient l'air tout froids et morts, et ses joues étaient creusées profondément, et je pouvais voir ses dents jaunes derrière des lèvres minces et serrées - comme un homme mort depuis longtemps, monsieur", ajouta-t-il en se tournant vers Bradley.

"Oui !" James n'avait pas parlé depuis que l'apparition les avait survolés, et maintenant ce n'était à peine plus de la parole qu'il avait proférée - plutôt une série de hoquets articulés. "Oui, mort, depuis longtemps. Ça signifie quelque chose. Il est venu chercher quelqu'un.

Pour l'un de nous. L'un de nous va mourir. Je vais mourir !" il finit par gémir.

"Allez ! Allez !" grogna Bradley. "Ça ne va pas du tout. Au travail, vous tous. Perte de temps. On ne peut pas perdre de temps."

Ses tonalités autoritaires les mirent tous debout, et bientôt chacun était occupé à ses propres tâches. Cependant, chacun travaillait en silence, sans chanter ni plaisanter comme cela avait été le cas lors de la création de camps précédents. Ce ne fut que lorsqu'ils eurent mangé et que chacun eut reçu la petite ration de tabac à fumer autorisée après chaque repas du soir qu'un signe de détente des nerfs tendus apparut. C'est Brady qui montra les premiers signes de bonne humeur revenant. Il commença à fredonner "It's a Long Way to Tipperary" et finit par prononcer les paroles, mais il était bien entré dans sa troisième chanson avant que quelqu'un ne le rejoigne, et même alors, il semblait y avoir une note sinistre dans même la plus gaie des mélodies.

Un immense feu brûlait dans l'ouverture de leur abri rocheux pour éloigner les carnivores rôdeurs ; et toujours un homme se tenait en faction, vigilant contre une éventuelle charge d'une bête enragée de la jungle. Au-delà du feu, des taches jaune-vert de flammes apparaissaient, se déplaçaient nerveusement, disparaissaient et réapparaissaient, accompagnées d'un hideux chœur de cris et de grognements et de rugissements, alors que les mangeurs de viande affamés chassaient à travers la nuit, attirés par la lumière ou l'odeur d'une possible proie.

Mais de telles visions et sons n'ébranlaient plus les cinq hommes. Ils chantaient ou parlaient aussi insouciants qu'ils auraient pu le faire dans le bar d'un pub chez eux.

Sinclair était en faction. Les autres écoutaient la description de Brady des embouteillages au pont de Rush Street pendant l'heure de pointe la nuit. Le feu crépitait gaiement. Les propriétaires des yeux jaune-vert élevaient leur chœur effrayant vers les cieux. Les conditions semblaient être revenues à la normale. Et puis, comme si la main de la

Mort les avait touchés tous, les cinq hommes se figèrent soudainement en une rigidité inquiétante.

Au-dessus du diapason nocturne de la jungle grouillante résonna un battement lugubre d'ailes et, dans le ciel, à travers la nuit épaisse, une forme ténébreuse passa devant la lumière diffuse du feu de camp. Sinclair leva son fusil et tira. Un gémissement lugubre descendit d'en haut et l'apparition, quelle qu'elle fût, fut engloutie par l'obscurité. Pendant plusieurs secondes, les hommes en train d'écouter entendirent le son de ces ailes battant tristement s'éloigner au loin jusqu'à ce qu'il ne puisse plus être entendu.

Bradley fut le premier à parler. "N'aurait pas dû tirer, Sinclair", dit-il ; "on ne peut pas gaspiller les munitions." Mais il n'y avait aucune note de réprimande dans sa voix. C'était comme s'il comprenait la réaction nerveuse qui avait poussé l'autre à agir.

"Je ne pouvais pas m'en empêcher, monsieur", dit Sinclair. "Seigneur, il faudrait être en fer pour ne pas tirer sur cette chose horrible. Croyez-vous aux fantômes, monsieur ?"

"Non", répondit Bradley. "Il n'y a pas de telles choses."

"Je n'en suis pas si sûr", dit Brady. "Il y a eu une femme assassinée sur les plaines près de Brighton - on lui a tranché la gorge d'une oreille à l'autre, et -"

"Taisez-vous", coupa Bradley.

"Mon grand-père habitait près de Coppingtonwy", dit Tippet. "Il y avait un château en ruine sur une colline tout près, et à minuit, ils voyaient des lumières bleu pâle à travers les fenêtres et entend..."

"Vous pouvez bien fermer la trappe !" exigea Bradley. "Vous les idiots, vous allez vous faire mourir de peur dans une minute. Allez, dormez."

Mais il y eut peu de sommeil dans le camp cette nuit-là jusqu'à ce que l'épuisement total atteigne les hommes harcelés vers le matin ; et il n'y eut aucun retour de l'étrange créature qui avait mis les nerfs de chacun d'entre eux en alerte.

Le lendemain matin, le groupe atteignit la base des falaises barrières et pendant deux jours marcha vers le nord pour tenter de découvrir une faille dans l'aboutement menaçant qui se dressait presque à la verticale au-dessus d'eux, mais nulle part il n'y avait la moindre indication que les falaises étaient escaladables.

Découragé, Bradley décida de faire demi-tour en direction du fort, car il avait déjà dépassé le temps décidé par Bowen Tyler et lui-même pour l'expédition. Les falaises avaient été en train de s'incliner dans une direction nord-est sur de nombreuses milles, ce qui laissait à penser à Bradley qu'ils se rapprochaient de l'extrémité nord de l'île. Selon ses meilleures estimations, ils avaient fait suffisamment de déplacement vers l'est au cours des deux derniers jours pour les amener à un point presque directement au nord du Fort Dinosaure, et comme rien ne pouvait être gagné en refaisant leurs pas le long de la base des falaises, il décida de prendre la direction du sud à travers le pays inexploré qui les séparait du fort.

Ce soir-là (le 9 septembre 1916), ils établirent leur camp non loin des falaises, à côté d'une des nombreuses sources fraîches que l'on trouve à l'intérieur de Caspak, souvent à proximité de sources chaudes et thermales encore plus nombreuses qui alimentent les nombreuses piscines. Après le souper, les hommes se couchèrent pour fumer et bavarder entre eux. Tippet était de faction. Moins de rôdeurs nocturnes les menaçaient, et les hommes commentaient le fait que plus ils voyageaient vers le nord, moins le nombre de toutes les espèces d'animaux devenait important, bien qu'il fût encore présent en quantité énorme, ce qui aurait semblé terrifiant dans n'importe quelle autre partie du monde. La diminution de la vie reptilienne était le changement le plus notable dans la faune du nord de Caspak. Ici, cependant, se trouvaient des formes qu'ils n'avaient pas rencontrées ailleurs, dont plusieurs étaient de dimensions gigantesques.

Selon leur habitude, tous, à l'exception de l'homme de garde, cherchèrent le sommeil tôt, et une fois couchés au sol pour dormir, ils ne tardèrent pas à le trouver. Il semblait à Bradley qu'il avait à peine fermé les yeux quand il fut réveillé, parfaitement éveillé, par un cri perçant suivi du coup sec d'un fusil en provenance de la direction du feu où Tippet était en faction. En courant vers l'homme, Bradley entendit au-dessus de lui le même gémissement inquiétant qui avait tendu tous les nerfs plusieurs nuits auparavant, et le battement lugubre d'ailes énormes. Il n'eut pas besoin de regarder en l'air pour savoir que leur sinistre visiteur était revenu.

Les muscles de son bras, réagissant à la vue et au son de la forme menaçante, firent glisser sa main vers la crosse de son pistolet ; mais après avoir tiré l'arme, il la remit immédiatement dans son étui avec un haussement d'épaules.

"Pourquoi ?" marmonna-t-il. "On ne peut pas gaspiller les munitions." Puis il se dirigea rapidement vers Tippet, étendu par terre. À ce moment-là, James, Brady et Sinclair étaient à ses côtés, chacun avec son fusil prêt.

"Est-il mort, monsieur ?" chuchota James alors que Bradley s'agenouillait à côté du corps étendu.

Bradley retourna Tippet sur le dos et colla une oreille contre le cœur du malheureux. Au bout d'un moment, il releva la tête. "Il a perdu connaissance", annonça-t-il. "Apportez de l'eau. Dépêchez-vous !" Puis il déboutonna la chemise de Tippet au niveau du cou et, lorsque l'eau fut apportée, jeta une poignée d'eau au visage de l'homme. Peu à peu, Tippet reprit connaissance et se redressa. D'abord, il regarda curieusement les visages des hommes autour de lui, puis une expression de terreur envahit son visage. Il leva un regard effrayé dans le vide sombre au-dessus de lui, puis, en enfonçant son visage dans ses bras, se mit à sangloter comme un enfant.

"Qu'est-ce qui ne va pas, mon homme ?" exigea Bradley. "Ressaisissez-vous ! On ne peut pas jouer les pleurnicheurs. C'est une perte d'énergie. Que s'est-il passé ?"

"Qu'est-ce qui s'est passé, monsieur !" gémit Tippet.

"Oh, mon Dieu, monsieur ! Il est revenu. Il est venu pour moi, monsieur. Il m'a presque attrapé, monsieur. Je suis aussi bon que mort ; je suis un homme marqué, c'est ce que je suis. Il allait m'emporter, monsieur."

"Des bêtises," grogna Bradley.

"As-tu bien regardé ?" Tippet dit qu'il l'avait fait, bien plus qu'il ne le voulait. La chose l'avait presque attrapé et il avait regardé droit dans ses yeux - "des yeux morts dans un visage mort", les avait-il décrits. "Que cherchait-elle, selon toi ?" demanda Brady.

"C'était la Mort," gémit Tippet, frissonnant, et une fois de plus, une atmosphère sombre s'abattit sur le petit groupe.

Le lendemain, Tippet marchait comme un homme en transe. Il ne parlait jamais, sauf pour répondre à une question directe, qui devait souvent être répétée avant d'attirer son attention. Il affirmait qu'il était déjà un homme mort, car si la chose ne venait pas le chercher pendant la journée, il ne survivrait jamais à une autre nuit d'appréhension angoissée, en attendant la fin effroyable dont il était certain qu'elle l'attendait. "Je m'en occuperai", dit-il, et ils savaient tous que Tippet avait l'intention de mettre fin à ses jours avant que l'obscurité ne s'installe.

Bradley tenta de raisonner avec lui, de sa manière concise et incisive, mais il comprit rapidement son inutilité ; il ne pouvait pas non plus lui retirer ses armes sans l'exposer à une mort presque certaine face aux innombrables dangers qui jalonnaient leur route.

L'ensemble du groupe était de mauvaise humeur et morose. Aucune des plaisanteries qui avaient marqué leurs interactions auparavant, même face à des épreuves éreintantes et à un danger hideux, n'était présente. C'était une nouvelle menace qui les menaçait, quelque chose qu'ils ne pouvaient expliquer ; naturellement, cela éveillait en eux une peur superstitieuse que l'attitude de Tippet ne faisait qu'augmenter. Pour ajouter à leur sombre humeur, leur chemin les mena à travers une forêt dense, où, à cause des buissons, il était difficile de parcourir même un mile par heure. Une vigilance constante était nécessaire pour éviter les nombreux serpents de différentes tailles et de différentes horreurs qui infestaient le bois ; et la seule lueur d'espoir à laquelle ils pouvaient s'accrocher était que la forêt serait, comme la plupart des forêts de Caspak, d'une étendue négligeable.

Bradley était en tête quand il tomba soudainement sur une créature grotesque de proportions titanesques. Se tapissant parmi les arbres, qui commençaient à s'éclaircir légèrement ici, Bradley vit ce qui semblait être un énorme dragon dévorant la carcasse d'un mammouth. De ses mâchoires terrifiantes jusqu'à l'extrémité de sa longue queue, il mesurait bien quarante pieds de long. Son corps était recouvert de plaques d'une peau épaisse qui ressemblaient étonnamment à une armure. La créature aperçut Bradley presque en même temps qu'il la vit, et se dressa sur ses énormes pattes arrière jusqu'à ce que sa tête se dresse à vingt-cinq pieds du sol. De ses mâchoires béantes émanait un sifflement d'une intensité équivalente à celle de la vapeur qui s'échappe des soupapes de sécurité d'une demi-douzaine de locomotives, puis la créature se rua sur l'homme.

"Dispersez-vous !" cria Bradley à ceux qui étaient derrière lui ; et tous, sauf Tippet, tinrent compte de cet avertissement. L'homme semblait comme hébété, et quand Bradley vit le danger qui le guettait, il s'arrêta lui aussi et, faisant volte-face, envoya une balle dans le corps massif qui se frayait un chemin à travers les arbres en sa direction. La balle toucha la créature dans le ventre, là où elle n'avait pas de protection d'armure, déclenchant une nouvelle note qui monta en un sifflement aigu pour se terminer en une plainte. C'est alors que Tippet sembla sortir de sa transe, car, avec un cri de terreur, il se retourna et s'enfuit vers la gauche. Bradley, voyant qu'il avait une aussi bonne opportunité que les autres de s'échapper, se concentra maintenant sur sa propre évasion ; et comme les bois semblaient denses à droite, il courut dans cette direction, espérant que les troncs serrés empêcheraient la poursuite de la part du grand reptile. Cependant, le dragon ne prêta plus aucune attention à lui, car la soudaine fuite de Tippet avait attiré son attention ; et après Tippet, il se précipita, renversant de petits arbres, déracinant les buissons et laissant derrière lui une trace telle celle d'une petite tornade.

Bradley, dès qu'il avait découvert que la créature poursuivait Tippet, l'avait suivie. Il avait eu peur de tirer de peur de toucher l'homme, c'est ainsi qu'il les surprit au moment même où le monstre lança son énorme poids en avant sur le malheureux. Les griffes aiguisées à trois doigts des membres antérieurs saisirent le pauvre Tippet, et Bradley vit le malheureux être soulevé haut au-dessus du sol tandis que la créature se dressait à nouveau sur ses pattes arrière, transférant immédiatement le corps de Tippet dans ses mâchoires béantes, qui se refermèrent avec un bruit écœurant, le craquement des os de Tippet résonnant sous les énormes dents.

Bradley leva à moitié son fusil pour tirer à nouveau, puis le baissa avec un hochement de tête. Tippet était au-delà de tout secours, pourquoi gaspiller une balle que Caspak ne pourrait jamais remplacer ? S'il pouvait maintenant échapper à l'attention supplémentaire du monstre, ce serait un acte plus sage que de jeter sa vie en une vengeance inutile. Il vit que le reptile ne regardait pas dans sa direction, alors il glissa silencieusement derrière le tronc d'un grand arbre et s'évapora tranquillement dans la direction qu'il pensait que les autres avaient prise. À une distance qu'il jugeait sûre, il s'arrêta et jeta un coup d'œil en arrière. À moitié caché par les arbres intermédiaires, il pouvait encore voir la tête énorme et les mâchoires massives d'où dépassaient les jambes molles de l'homme mort. Puis, comme frappée par le marteau de Thor, la créature s'effondra et s'effondra au sol. La seule balle de Bradley, pénétrant dans le corps à travers la peau molle du ventre, avait tué le Titan.

Quelques minutes plus tard, Bradley retrouva les autres membres du groupe. Les quatre revinrent prudemment à l'endroit où la créature gisait et, après s'être convaincus qu'elle était bel et bien morte, s'approchèrent d'elle. Il était ardu et sinistre de retirer les restes mutilés de Tippet des mâchoires puissantes, les hommes travaillant pour la plupart en silence.

"C'était bien l'œuvre du banshee," marmonna Brady. "Il a averti le pauvre Tippet, il l'a fait."

"Ça l'a tué, c'est ce qu'il a fait, et ça tuera encore certains d'entre nous," dit James, la lèvre inférieure tremblante.

"Si c'était un fantôme," interjeta Sinclair, "et je ne dis pas que c'en était un ; mais si c'était le cas, eh bien, il aurait pu prendre n'importe quelle forme qu'il voulait. Il aurait pu se transformer en cette chose, qui n'est en aucune façon naturelle, juste pour attraper le pauvre Tippet. Si c'était un lion ou quelque chose d'humanoïde, ça aurait l'air moins étrange ; mais cette chose-ci, ce n'est pas humanoïde. Il n'y a rien de tel et il n'y en a jamais eu."

"Les balles ne tuent pas les fantômes," dit Bradley, "donc ce ne pouvait pas être un fantôme. De plus, il n'y a pas de telles choses. J'essayais de situer cette créature. Je viens de réussir. C'est un tyrannosaure. J'ai vu une photo du squelette dans un magazine. Il y en a un au Musée d'Histoire Naturelle de New York. Il me semble qu'il disait qu'il avait été trouvé à un endroit appelé Hell Creek quelque part dans l'ouest de l'Amérique du Nord. On suppose qu'il a vécu il y a environ six millions d'années."

"Hell Creek se trouve dans le Montana", dit Sinclair. "J'ai travaillé comme cow-boy dans le Wyoming, et j'ai entendu parler de Hell Creek. Vous pensez que cette chose a six millions d'années ?" Son ton était sceptique.

"Non", répondit Bradley ; "Mais cela indiquerait que l'île de Caprona est restée pratiquement inchangée pendant plus de six millions d'années."

La conversation et l'assurance de Bradley que la créature n'était pas d'origine surnaturelle contribuèrent légèrement à remonter le moral des hommes ; puis vint une autre diversion sous la forme de mangeurs de chair affamés attirés sur les lieux par l'odeur étrange qui les avait informés de la présence de viande, tuée et prête à être mangée.

Ce fut une bataille constante pendant qu'ils creusaient une tombe et confiaient tout ce qui était mortel de John Tippet à son dernier lieu de repos solitaire. Ils ne partirent pas ensuite ; mais restèrent pour façonner une pierre tombale grossière à partir d'un affleurement de grès en train de s'effriter, et pour rassembler une masse de magnifiques fleurs qui poussaient en abondance autour d'eux et pour garnir la nouvelle tombe de fleurs vives. Sur la pierre tombale, Sinclair griffonna en caractères rudimentaires les mots :

ICI REPOSE JOHN TIPPET

ANGLAIS

TUÉ PAR UN TYRANNOSAURE

10 SEPT. A.D. 1916

R.I.P.

Et Bradley récita une courte prière avant de quitter leur camarade pour toujours.

Pendant trois jours, le groupe marcha en direction du sud à travers des forêts, des prairies et de vastes zones ressemblant à des parcs, où d'innombrables animaux herbivores paissaient - des cerfs, des antilopes, des bovins et le petit ecca, la plus petite espèce de cheval caspakien, de la taille d'un lapin. Il y avait d'autres chevaux aussi ; mais tous étaient petits, le plus grand ne mesurant pas plus de huit mains de hauteur. Se nourrissant continuellement des herbivores, on trouvait des mangeurs de viande, grands et petits - loups, hyaenodons, panthères, lions, tigres et ours, ainsi que plusieurs grandes et féroces espèces de reptiles.

Le douzième septembre, le groupe escalada une ligne de falaises en grès qui traversait leur route vers le sud ; mais ils ne les franchirent qu'après une rencontre avec la tribu qui habitait les nombreuses grottes qui piquaient la paroi de l'escarpement. Cette nuit-là, ils campèrent sur un plateau rocheux, peu boisé de jarrah, et là encore, ils furent visités par l'étrange apparition nocturne qui les avait déjà remplis d'une terreur indicible.

Comme la nuit du neuf septembre, le premier avertissement vint de la sentinelle debout en garde au-dessus de ses compagnons endormis. Un cri terrifié, ponctué par le bruit d'un coup de feu, fit se lever Bradley, Sinclair et Brady à temps pour voir James, avec son fusil en crosse, se battre avec une silhouette en robe blanche qui planait sur des ailes déployées à la hauteur de la tête de l'Anglais. Alors qu'ils couraient en criant, il leur était évident que l'apparition étrange et terrible tentait de saisir James ; mais quand elle vit les autres venir à son secours, elle cessa, battant rapidement des ailes vers le haut et s'éloignant, ses longues ailes déchiquetées émettant les notes particulièrement lugubres qui caractérisaient toujours le son de son vol.

Bradley tira sur la menace qui disparaissait de leur paix et de leur sécurité ; mais si la balle atteignit ou non sa cible, personne ne put le dire, bien qu'après le coup, il leur parvint le même cri perçant qui avait, en d'autres occasions, glacé leur moelle.

Ensuite, ils se tournèrent vers James, qui gisait face contre terre, tremblant comme lors d'une fièvre. Pendant un moment, il ne put même pas parler, mais il finit par retrouver suffisamment de calme pour leur dire comment la chose avait dû fondre silencieusement sur lui par-dessus et par derrière, car la première prémonition du danger qu'il avait reçue fut lorsque les doigts longs et crochus l'avaient agrippé sous les bras. Dans la mêlée, son fusil avait été déchargé et il s'était brisé en même temps qu'il se dégageait et se retournait pour se défendre avec la crosse. Le reste, ils l'avaient vu.

Dès cet instant, James était un homme complètement brisé. Il soutenait, les lèvres tremblantes, que son destin était scellé, que la chose l'avait marqué comme sien, et qu'il était aussi bon que mort, et aucun argument ou raillerie ne put le convaincre du contraire. Il avait vu Tippet marqué et réclamé, et maintenant il avait été marqué. Et ses répétitions constantes de cette croyance n'étaient pas sans effet sur le reste du groupe. Même Bradley se sentit déprimé, bien qu'il ait réussi à le cacher sous une façade de confiance qu'il était loin de ressentir, pour le bien des autres.

Et le lendemain, William James fut tué par un tigre à dents de sabre - le 13 septembre 1916. Sous un arbre de jarrah sur le plateau rocheux du bord nord du pays Sto-lu dans la terre que le Temps a oubliée, il repose dans une tombe solitaire marquée d'une pierre tombale grossière.

En direction du sud depuis sa tombe, trois hommes graves et silencieux marchaient. Selon les calculs de Bradley, ils se trouvaient à environ vingt-cinq miles au nord du Fort Dinosaure, et pour atteindre le fort le lendemain, ils marchèrent jusqu'à ce que l'obscurité les rattrape. Avec une relative sécurité à quinze miles de là, ils firent enfin un camp ; mais il n'y avait plus de chant ni de plaisanterie. Au fond de leur cœur, chacun priait pour qu'ils passent cette nuit en toute sécurité, car ils savaient qu'au cours du lendemain, ils parcourraient la dernière portion du chemin, et pourtant les nerfs de chacun étaient tendus par l'attente tendue de ce qui pourrait surgir du ciel noir pour s'abattre sur eux, marquant un autre comme le sien. Qui serait le prochain ?

Comme à leur habitude, ils se relayaient pour monter la garde, chaque homme faisant deux heures de garde, puis réveillant le suivant. Brady avait été de huit à dix heures, suivi par Sinclair de dix à midi, puis Bradley avait été réveillé. Brady assurerait la dernière garde de deux à quatre heures, car ils avaient décidé de partir dès qu'il ferait assez jour pour assurer une relative sécurité sur le sentier.

Le craquement d'une brindille tira Brady d'un sommeil profond, et quand il ouvrit les yeux, il vit qu'il faisait grand jour et qu'à vingt pas de lui se tenait un énorme lion. Lorsque l'homme se leva, son fusil prêt dans la main, Sinclair se réveilla et saisit la scène d'un seul coup d'œil rapide. Le feu était éteint et Bradley n'était nulle part en vue. Pendant un long moment, le lion et les hommes se scrutèrent. Ces derniers n'avaient aucune intention de tirer si la bête ne s'occupait que de ses propres affaires - ils étaient plus que disposés à la laisser aller si elle le voulait ; mais le lion avait d'autres idées en tête.

Soudain, la longue queue se dressa raide et, comme si elle avait été attachée à deux doigts de déclenchement, les deux fusils parlèrent à l'unisson, car les deux hommes connaissaient trop bien ce signal - l'annonce immédiate d'une charge mortelle. Lorsque la tête de la bête s'était relevée, sa colonne vertébrale n'était pas visible ; ils firent donc ce qu'ils avaient appris par une longue expérience à faire. Chacun couvrit une patte avant, et lorsque la queue se dressa, ils tirèrent. Avec un rugissement hideux, le puissant mangeur de chair chuta au sol avec les deux pattes avant brisées. C'était une réalisation facile dans l'instant précédant la charge de la bête - après, cela aurait été une tâche presque impossible. Brady s'approcha et le finit d'un coup à la base du cerveau, de peur que ses rugissements terrifiants n'attirent sa compagne ou d'autres de leur espèce.

Ensuite, les deux hommes se retournèrent pour se regarder. "Où est le lieutenant Bradley ?" demanda Sinclair. Ils marchèrent jusqu'au feu. Il ne restait que quelques braises fumantes. À quelques pieds de là gisait le fusil de Bradley. Il n'y avait aucune preuve de lutte. Les deux hommes firent le tour du camp deux fois et, lors du dernier tour, Brady se pencha et ramassa un objet qui se trouvait à environ dix mètres au-delà du feu - c'était la casquette de Bradley. À nouveau, les deux se regardèrent avec interrogations, puis, simultanément, les deux paires d'yeux se levèrent et scrutèrent le ciel. Un instant plus tard, Brady examinait le sol autour de l'endroit où se trouvait la casquette de Bradley. C'était l'un de ces petits espaces stériles et sablonneux qu'ils n'avaient trouvés que sur ce plateau rocheux. Les propres empreintes de pas de Brady apparaissaient aussi clairement que de l'encre noire sur du papier blanc ; mais son pied était le seul à avoir marqué la surface lisse balayée par le vent - il n'y avait aucune trace que Bradley avait traversé l'endroit à la surface du sol, et pourtant sa casquette gisait bien au centre de celui-ci.

Sans petit-déjeuner et les nerfs secoués, les deux survivants se lancèrent frénétiquement dans la longue marche de la journée. Tous deux étaient des hommes forts, courageux et ingénieux ; mais chacun avait atteint la limite de l'endurance nerveuse humaine et chacun sentait qu'il préférerait mourir plutôt que de passer une autre nuit à découvert dans ce pays effrayant. Vivante dans l'esprit de chacun était une image de la fin de Bradley, car bien que ni l'un ni l'autre n'ait été témoin de la tragédie, tous deux pouvaient presque précisément imaginer ce qui s'était passé. Ils n'en discutèrent pas, ils n'en parlèrent même pas - mais tout au long de la journée, la chose était prédominante dans l'esprit de chacun et se mêlait à une image similaire avec lui comme victime s'ils ne parvenaient pas à atteindre Fort Dinosaure avant la nuit.

Et ainsi, ils se précipitèrent à une vitesse effrénée, leurs vêtements, leurs mains, leurs visages déchirés par les buissons retardateurs qui s'étendaient pour les gêner. Encore et encore, ils tombèrent ; mais il est à leur crédit que l'un attendit toujours et aida l'autre et qu'aucune pensée ni tentation d'abandonner son compagnon n'entra dans leur esprit - ils atteindraient le fort ensemble si tous deux survivaient, ou aucun d'entre eux n'atteindrait.

Ils rencontrèrent le nombre habituel de bêtes sauvages et de reptiles ; mais ils les affrontèrent avec une témérité courageuse née du désespoir, et en vertu même de la folie des chances qu'ils prenaient, ils en sortirent sains et saufs et avec un minimum de retard.

Peu après midi, ils atteignirent la fin du plateau. Devant eux se trouvait une chute de deux cents pieds jusqu'à la vallée en contrebas. À gauche, au loin, ils pouvaient voir les eaux du grand lac intérieur qui recouvre une partie importante de la surface de l'île volcanique de Caprona, et à une distance un peu moindre au sud des falaises, ils aperçurent une mince spirale de fumée s'élevant au-dessus des cimes des arbres.

Le paysage était familier - chacun le reconnut immédiatement et sut que cette colonne de fumée marquait l'endroit où Dinosaure se dressait. Le fort était-il encore là, ou la fumée s'élevait-elle des cendres fumantes de l'édifice qu'ils avaient contribué à construire pour abriter leur groupe ? Qui pourrait le dire !

Trente précieuses minutes qui semblaient autant d'heures pour les hommes impatients furent consommées pour trouver un chemin précaire du sommet à la base des falaises qui bordaient le plateau au sud, et une fois de plus, ils se dirigèrent vers un terrain plat en direction de leur objectif. Plus ils approchaient du fort, plus ils redoutaient que tout ne se passe pas bien. Ils s'imaginaient les casernes désertes ou la petite troupe massacrée et les bâtiments réduits en cendres. C'était presque dans une frénésie de peur qu'ils se frayèrent un chemin à travers la dernière lisière de la jungle et se tinrent enfin au bord du pré ouvert à un demi-mile du Fort Dinosaure.

"Seigneur !" s'exclama Sinclair. "Ils sont toujours là !" Et il tomba à genoux en sanglotant.

Brady tremblait comme une feuille en se signant et en rendant grâce en silence, car devant eux se dressaient les robustes remparts de Dinosaure et à l'intérieur de l'enceinte s'élevait une mince spirale de fumée qui marquait l'emplacement de la cuisine. Tout allait bien, et leurs camarades préparaient le repas du soir !

Ils traversèrent la clairière comme s'ils n'avaient pas déjà parcouru en une seule journée un pays vierge et primitif qui aurait facilement pu nécessiter deux jours pour des hommes frais et reposés. À portée de voix, ils crièrent si fort que bientôt des têtes apparurent au-dessus du sommet du parapet et bientôt des cris de réponse montaient de l'intérieur du Fort Dinosaure. Un instant plus tard, trois hommes sortirent de l'enceinte et s'approchèrent pour rencontrer les survivants et écouter l'histoire précipitée des onze journées mouvementées depuis leur départ pour les falaises barrières. Ils apprirent les décès de Tippet et James et la disparition du lieutenant Bradley, et une nouvelle terreur s'abattit sur Dinosaure.

Olson, l'ingénieur irlandais, avec Whitely et Wilson, constituait les vestiges des défenseurs de Dinosaure, et à Brady et Sinclair, ils relatèrent les événements saillants qui s'étaient déroulés depuis que Bradley et son groupe étaient partis le 4 septembre. Ils leur parlèrent de l'acte infâme du baron Friedrich von Schoenvorts et de son équipage allemand qui avaient volé le U-33, rompant leur parole, et s'étaient dirigés vers l'ouverture souterraine à travers les falaises barrières qui transportait les eaux de la mer intérieure dans le Pacifique ouvert au-delà ; et du bombardement lâche du fort.

Ils racontèrent la disparition de Miss La Rue dans la nuit du 11 septembre, et le départ de Bowen Tyler à sa recherche, accompagné seulement de son Airedale, Nobs. Ainsi, de la partie initiale de onze Alliés et neuf Allemands qui constituait l'équipage du U-33 lorsqu'elle avait quitté les eaux anglaises après sa capture par l'équipage du remorqueur anglais, il n'en restait que cinq maintenant à Fort Dinosaure. On savait que Benson, Tippet, James et un des Allemands étaient morts. On supposait que Bradley, Tyler et la jeune fille avaient déjà succombé à l'un des habitants sauvages de Caspak, tandis que le sort des Allemands était tout aussi inconnu, bien qu'il soit facile de croire qu'ils avaient réussi à s'échapper. Ils avaient eu largement le temps de pourvoir le navire et le raffinage du pétrole brut qu'ils avaient découvert au nord du fort aurait pu leur assurer un approvisionnement suffisant pour les ramener en Allemagne.

CHAPITRE II

Lorsque Bradley prit son tour de garde à minuit, le 14 septembre, ses pensées étaient principalement occupées par la joie que la nuit touchait à sa fin sans incident majeur, et que le lendemain verrait probablement leur retour sain et sauf à Fort Dinosaure. L'optimisme de son humeur était teinté de tristesse à la pensée des deux membres de son groupe qui gisaient là-bas, dans cette sauvagerie impitoyable, et pour lesquels il n'y aurait plus jamais de retour au bercail.

Aucune prémonition d'un mal imminent n'assombrissait ses anticipations pour la journée à venir, car Bradley était un homme qui, tout en prenant toutes les précautions nécessaires contre les dangers possibles, ne laissait pas de sombres présages alourdir son esprit. Lorsque le danger menaçait, il était prêt, mais il n'était pas en quête constante de la catastrophe. C'est pourquoi, vers une heure du matin le quinze, lorsqu'il entendit le battement sinistre des ailes géantes au-dessus de sa tête, il ne fut ni surpris ni effrayé, mais se prépara calmement à une attaque qu'il savait raisonnablement probable.

Le son semblait venir du sud, et bientôt, juste au-dessus des arbres dans cette direction, l'homme distingua une forme sombre et vague qui tournoyait lentement. Bradley était un homme courageux, pourtant l'horreur suscitée par la vue et le son de cette forme sinistre et inquiétante était si intense qu'il sentit distinctement des frissons parcourir sa peau, et il eut du mal à réfréner l'instinct qui le poussait à ouvrir le feu sur l'intrus nocturne. Il aurait été bien plus sage s'il avait cédé aux exigences insistantes de son mentor subconscient ; cependant, sa quasi-obsession à économiser les munitions se révéla être sa perte à cet instant, car pendant qu'il fixait son attention sur la chose qui tournoyait devant lui et que ses oreilles étaient assourdies par le battement de ses ailes, une autre forme étrange et spectrale s'abattit silencieusement derrière lui, surgissant de la nuit noire. Avec ses ailes immenses partiellement repliées pour la descente et sa robe blanche flottant dans son sillage, l'apparition fondit sur l'Anglais.

La force de l'impact quand la chose frappa Bradley entre les épaules fut telle qu'elle le mit à moitié assommé. Son fusil vola de ses mains ; il sentit des serres puissantes le saisir sous les bras et le soulever de terre ; puis la chose s'éleva rapidement avec lui, si rapidement que sa casquette fut emportée de sa tête par le souffle d'air alors qu'il était emporté rapidement vers le ciel noir, et le cri d'avertissement à ses compagnons fut refoulé dans ses poumons.

La créature vira immédiatement vers l'est et fut aussitôt rejointe par son semblable, qui les contourna une fois, puis se plaça derrière eux. Bradley comprit maintenant la stratégie utilisée par la paire pour le capturer, et il en conclut immédiatement qu'il était entre les mains d'êtres intelligents étroitement liés à la race humaine, voire peut-être en étaient-ils une partie.

L'expérience passée lui suggéra que les grandes ailes faisaient partie d'un ingénieux mécanisme, car les limites de l'esprit humain, qui a toujours du mal à accepter ce qui va au-delà de sa propre petite expérience, ne lui permettaient pas d'envisager l'idée que ces créatures puissent être naturellement ailées et en même temps d'origine humaine. De sa position, Bradley ne pouvait pas voir les ailes de son ravisseur, et dans l'obscurité, il n'avait pas pu examiner de près celles de la deuxième créature lorsqu'elle avait fait un tour devant lui. Il écoutait le bruit d'un moteur ou un autre son révélateur qui pourrait confirmer la justesse de sa théorie. Cependant, il ne fut récompensé que par le bruit constant du battement d'ailes.

Bientôt, loin en dessous et devant lui, il vit les eaux de la mer intérieure, et un instant plus tard, il les survola. Alors, son ravisseur fit quelque chose qui prouva sans l'ombre d'un doute à Bradley qu'il était entre les mains d'êtres humains qui avaient mis au point un système quasi parfait pour reproduire mécaniquement les ailes d'un oiseau. La créature s'adressa à son compagnon dans une langue que Bradley comprenait en partie, car il reconnut des mots appris auprès des peuples sauvages de Caspak. De là, il en déduisit qu'ils étaient humains, et en tant qu'êtres humains, il savait qu'ils ne pouvaient pas avoir des ailes naturelles, car qui n'avait jamais vu un être humain ainsi orné ! Leurs ailes devaient donc être mécaniques. C'est ainsi que Bradley raisonnait, c'est ainsi que la plupart d'entre nous raisonnent : non pas en fonction de ce qui pourrait être possible, mais de ce qui est tombé dans le champ de notre expérience.

Ce qu'il entendit dire fut que, ayant parcouru la moitié de la distance, la charge serait maintenant transférée de l'un à l'autre. Bradley se demanda comment l'échange se ferait. Il savait que ces ailes géantes ne permettraient pas aux créatures de s'approcher suffisamment pour effectuer le transfert de cette manière, mais il allait bientôt découvrir qu'ils avaient d'autres moyens de le faire.

Il sentit que la chose qui le portait s'élevait à une plus grande altitude, et en dessous, il entrevit brièvement la seconde silhouette en robe blanche ; puis la créature au-dessus lança un appel sourd, qui fut aussitôt répondu d'en bas, et instantanément, Bradley sentit les serres qui le retenaient le lâcher ; haletant, il dégringola dans le vide.

Pendant un instant terrifiant, chargé d'horreur, Bradley chuta ; puis quelque chose fondit sur lui par derrière, une autre paire de serres le saisit sous les bras, sa chute vers le bas fut stoppée, à moins d'une centaine de pieds du sol, et près de la surface de la mer, il fut de nouveau porté vers le haut. Comme un faucon plonge sur un oiseau chanteur en plein vol, ainsi ce grand oiseau humain plongea sur Bradley. Ce fut une expérience éprouvante, mais de courte durée, et une fois de plus, le captif était emporté rapidement vers l'est, sans même pouvoir deviner son destin.

C'est immédiatement après son transfert en plein vol que Bradley distingua la forme sombre d'une grande île loin devant lui, et peu de temps après, il comprit que c'était là la destination prévue par ses ravisseurs. Et il ne se trompait pas. Trois quarts d'heure après son enlèvement, ses ravisseurs descendirent doucement à terre dans la ville la plus étrange que l'œil humain ait jamais contemplée. Bradley eut à peine un bref aperçu de ses environs immédiats avant d'être emporté à l'intérieur de l'un des bâtiments ; mais dans ce regard fugace, il vit d'étranges amas de pierre, de bois et de boue transformés en bâtiments de toutes tailles et formes imaginables, parfois empilés les uns sur les autres, parfois se dressant seuls dans une cour ouverte, mais généralement entassés les uns contre les autres, de sorte qu'il n'y avait ni rues ni ruelles entre eux, sauf quelques-unes qui se terminaient presque aussi rapidement qu'elles commençaient. Les principales portes semblaient être dans les toits, et c'est par l'une de celles-ci que Bradley fut introduit à l'intérieur obscur d'une pièce au plafond bas. Ici, on le poussa rudement dans un coin où il trébucha sur un tapis épais, et là ses ravisseurs le laissèrent. Il les entendit bouger dans l'obscurité pendant un moment, et plusieurs fois, il vit leurs grands yeux lumineux briller dans l'obscurité. Enfin, ils disparurent, et le silence régna, rompu uniquement par la respiration de la créature, ce qui indiquait à l'Anglais qu'ils dormaient quelque part dans la même pièce.

Il était maintenant évident que le tapis sur le sol était destiné au repos, et que la poussée brutale qui l'y avait envoyé avait été une invitation peu courtoise à se reposer. Après avoir vérifié qu'il avait toujours son pistolet et ses munitions, quelques allumettes, un peu de tabac, une gourde pleine d'eau et un rasoir, Bradley s'installa confortablement sur le tapis et s'endormit bientôt, sachant qu'une tentative d'évasion dans l'obscurité, sans connaissance de son environnement, serait vouée à l'échec.

Quand il se réveilla, il faisait grand jour, et la vue qui s'offrit à ses yeux le fit se frotter encore et encore pour s'assurer qu'il était bien éveillé et qu'il ne rêvait pas. Un large faisceau de lumière du matin traversait l'ouverture dans le plafond de la pièce, qui mesurait environ trente pieds carrés, ou approximativement carrée, étant de forme irrégulière, un côté courbé vers l'extérieur, un autre entaillé par ce qui aurait pu être le coin d'un autre bâtiment qui s'avançait en elle, un autre enfoncé par trois côtés d'un octogone, tandis que le quatrième avait une forme sinueuse. Deux fenêtres laissaient entrer davantage de lumière du jour, tandis que deux portes donnaient apparemment accès à d'autres pièces. Les murs étaient partiellement lambrissés de fines lattes de bois, bien ajustées et finies, partiellement enduits de plâtre et le reste recouvert d'un tissu finement tissé. Des figures de reptiles et de bêtes étaient peintes ici et là sur les murs, sans qu'aucun schéma uniforme soit respecté. Une caractéristique frappante de la décoration était constituée par plusieurs colonnes engagées encastrées dans les murs à des intervalles irréguliers, les chapiteaux de chacune d'elles supportant un crâne humain dont le crâne touchait le plafond, comme si ce dernier était soutenu par ces sinistres rappels soit de parents décédés, soit de quelque rituel tribal hideux. Bradley ne pouvait s'empêcher de se demander lequel.

Pourtant, ce n'était aucune de ces choses qui le remplissait de la plus grande admiration. Non, c'étaient les silhouettes des deux créatures qui l'avaient capturé et amené ici. À une extrémité de la pièce, une solide poutre d'environ deux pouces de diamètre s'étendait horizontalement de mur à mur, à environ six ou sept pieds du sol, ses extrémités solidement fixées à deux des colonnes. Suspendues par leurs genoux à cette perche, la tête en bas et les corps enveloppés dans leurs immenses ailes, dormaient les créatures de la nuit précédente, suspendues comme deux grandes chauves-souris horribles, endormies.

Alors que Bradley les contemplait avec des yeux écarquillés de stupéfaction, il vit clairement que toute son intelligence, toute sa connaissance acquise au fil des années d'observation et d'expérience étaient niées par la simple évidence du fait qui se détachait de manière flagrante devant ses yeux : les ailes des créatures n'étaient pas des dispositifs mécaniques, mais des appendices naturels, poussant à partir de leurs omoplates, tout comme leurs bras et leurs jambes. Il vit aussi que, à l'exception de leurs ailes, les deux individus ressemblaient beaucoup à des êtres humains, bien que façonnés dans un moule des plus grotesques.

Alors qu'il restait assis à les contempler, l'un des deux se réveilla, écarta ses ailes pour libérer ses bras qui avaient été repliés sur sa poitrine, posa ses mains sur le sol, laissa tomber ses pieds et se dressa. Pendant un instant, il étira lentement ses grandes ailes, clignant solennellement de ses grands yeux ronds. Puis son regard se posa sur Bradley. Les lèvres minces se retroussèrent serrées contre des dents jaunes dans une grimace qui n'était rien d'autre que hideuse. On ne pouvait pas la qualifier de sourire, et l'émotion qu'elle exprimait laissait l'Anglais perplexe. Aucune expression ne modifiait le regard fixe de ces grands yeux ronds ; il n'y avait pas de couleur sur les joues pâles et creuses. Une tête de mort grimaça comme si un homme depuis longtemps mort avait soulevé son crâne couvert de parchemin d'une vieille tombe.

La créature mesurait environ la taille d'un homme moyen, mais paraissait beaucoup plus grande du fait que les articulations de ses longues ailes s'élevaient d'environ trente centimètres au-dessus de sa tête glabre. Les bras nus étaient longs et nerveux, se terminant par de puissantes mains osseuses aux doigts griffus, presque semblables à des serres dans leur suggestion. La robe blanche était séparée à l'avant, laissant apparaître des jambes maigres et le fait que la créature ne portait qu'un seul vêtement, qui était en toile fine tissée. De la tête à la plante des pieds, les parties du corps exposées étaient entièrement dépourvues de poils, et en notant cela, Bradley remarqua également pour la première fois la cause de l'apparente absence d'expression sur le visage de la créature : elle n'avait ni sourcils ni cils. Les oreilles étaient petites et reposaient à plat contre le crâne, qui était notablement rond, bien que le visage fût assez plat. La créature avait de petits pieds, joliment cambrés et charnus, mais tellement incompatibles avec toutes ses autres caractéristiques physiques qu'ils semblaient ridicules.

Après avoir examiné Bradley pendant un moment, la chose s'approcha de lui. "D'où viens-tu ?" demanda-t-elle.

"D'Angleterre", répondit Bradley brièvement.

"Où est l'Angleterre et qu'est-ce que c'est ?" poursuivit l'interrogateur.

"C'est un pays très éloigné d'ici", répondit l'Anglais.

"Tes gens sont-ils cor-sva-jo ou cos-ata-lu ?"

"Je ne vous comprends pas", dit Bradley, "et maintenant, supposez que vous répondiez à quelques questions. Qui êtes-vous ? Quel est ce pays ? Pourquoi m'avez-vous amené ici ?"

Nouvelle grimace sépulcrale. "Nous sommes des Wieroos - Luata est notre père. Caspak est à nous. Ce pays, le nôtre, s'appelle Oo-oh. Nous t'avons amené ici pour que (littéralement) Celui qui parle pour Luata puisse te regarder et te questionner. Il veut savoir d'où tu viens et pourquoi, mais surtout si tu es cos-ata-lu."

"Et si je ne suis pas cos, peu importe ce que vous appelez cette bestiole, qu'en est-il ?"

Le Wieroo leva ses ailes dans un haussement d'épaules très humain et agita ses griffes osseuses vers les crânes humains qui soutenaient le plafond. Son geste était éloquent, mais il le compléta en ajoutant : "Et peut-être même si tu l'es."

"J'ai faim", grogna Bradley.

Le Wieroo lui indiqua une des portes, qu'il ouvrit, permettant à Bradley de sortir sur un autre toit, un niveau plus bas que celui où ils étaient arrivés plus tôt dans la matinée. À la lumière du jour, la ville paraissait encore plus remarquable qu'à la clarté de la lune, bien que moins étrange et irréelle. Les maisons de toutes formes et de toutes tailles étaient entassées comme un enfant empilerait des blocs de formes et de couleurs variées. Il vit maintenant qu'il y avait ce qu'on pouvait appeler des rues ou des ruelles, mais elles tournaient et se tordaient de manière déroutante, n'atteignant jamais de destination, se terminant toujours en un cul-de-sac où un Wieroo avait construit une maison qui les obstruait.

Sur chaque maison se dressait une colonne mince portant un crâne humain. Parfois, les colonnes se trouvaient à un coin du toit, parfois à un autre, ou encore elles s'élevaient du centre ou près du centre, et les colonnes avaient des hauteurs variées, de celle d'un homme à celles qui s'élevaient à vingt pieds au-dessus de leurs toits. Les crânes étaient, en règle générale, peints en bleu ou en blanc, ou dans des combinaisons des deux couleurs. Les plus efficaces étaient peints en bleu avec des dents blanches et les orbites des yeux cerclées de blanc.

Il y avait d'autres crânes, des milliers d'entre eux, des dizaines, des centaines de milliers. Ils bordaient les avant-toits de chaque maison, ils étaient insérés dans le plâtre des murs extérieurs, et à une courte distance de l'endroit où se trouvait Bradley, se dressait une tour ronde construite entièrement en crânes humains. Et la ville s'étendait dans toutes les directions aussi loin que l'Anglais pouvait voir.

Tout autour de lui, des Wieroos se déplaçaient sur les toits ou volaient dans les airs. Le son triste de leurs ailes battantes montait et descendait comme un hymne solennel. La plupart d'entre eux étaient vêtus tout en blanc, comme ses ravisseurs, mais d'autres arboraient des marques rouges, bleues ou jaunes tailladés sur le devant de leurs robes.

Son guide lui indiqua une porte dans une ruelle en dessous d'eux. "Va là-bas et mange", ordonna-t-il, "puis reviens. Tu ne peux pas t'échapper. Si quelqu'un te questionne, dis que tu appartiens à Fosh-bal-soj. Voilà le chemin." Et cette fois, il montra le sommet d'une échelle qui dépassait au-dessus des avant-toits du toit voisin. Puis il se retourna et réintégra la maison.

Bradley regarda autour de lui. Non, il ne pouvait pas s'échapper, cela semblait évident. La ville semblait interminable, et au-delà de la ville, s'il n'y avait pas une contrée sauvage remplie de bêtes sauvages, il y avait la vaste mer intérieure infestée de monstres horribles. Pas étonnant que son ravisseur se sente en sécurité en le relâchant à Oo-oh

- il se demandait si c'était le nom du pays ou de la ville, et s'il y avait d'autres villes comme celle-ci sur l'île.

Lentement, il descendit l'échelle jusqu'à la ruelle apparemment déserte, pavée de ce qui ressemblait à de grosses pierres rondes. Il regarda de nouveau le pavé lisse et usé, et un sourire amer se dessina sur son visage - la ruelle était pavée de crânes. "La Cité des Crânes Humains", pensa Bradley. "Ils doivent les collectionner depuis Adam", songea-t-il, puis il traversa et entra dans le bâtiment par la porte qui lui avait été indiquée.

À l'intérieur, il découvrit une grande pièce dans laquelle étaient assis de nombreux Wieroos devant des socles dont le dessus était évidé de manière à ressembler aux fontaines d'oiseaux ordinaires si couramment vues dans les pelouses suburbaines pour boire et se baigner. Un siège dépassait de chaque côté des socles - juste une planche plate avec un support partant de son extrémité extérieure en diagonale jusqu'à la base du socle.

Alors que Bradley entrait, certains des Wieroos l'aperçurent, et un gémissement lugubre s'éleva. Bradley ne savait pas si c'était un salut ou une menace. Soudain, un autre Wieroo sortit précipitamment d'une alcôve sombre en sa direction. "Qui es-tu ?" cria-t-il. "Que veux-tu ?"

"Fosh-bal-soj m'a envoyé ici pour manger", répondit Bradley.

Appartiens-tu à Fosh-bal-soj ?" demanda l'autre.

"C'est apparemment ce qu'il croit", répondit l'Anglais.

"Es-tu cos-ata-lu ?" exigea le Wieroo.

"Donne-moi quelque chose à manger, ou je le deviendrai", répliqua Bradley.

Le Wieroo parut perplexe. "Assieds-toi ici, jaal-lu", grogna-t-il, et Bradley s'assit, inconscient du fait qu'il avait été insulté en étant appelé un homme-hyène, une appellation de mépris à Caspak.

Le Wieroo l'avait installé à un socle pour lui seul, et tandis qu'il attendait ce qui allait se passer, il observa les Wieroos dans son voisinage immédiat. Il vit que dans chaque fontaine se trouvait une quantité de nourriture, et que chaque Wieroo était armé d'une brochette en bois, affûtée à une extrémité, avec laquelle ils portaient des portions solides de nourriture à leur bouche. À l'autre extrémité de la brochette était fixée une petite coquille de palourde. Celle-ci servait à recueillir les parties plus petites et plus tendres du repas dans lequel les quatre occupants de chaque table plongeaient impartialité. Les Wieroos se penchaient profondément sur leur nourriture, la recueillant rapidement et avec beaucoup de bruit, et leur hâte était telle qu'une partie de chaque bouchée retombait toujours dans le plat commun ; et lorsqu'ils s'étouffaient, en raison de la rapidité avec laquelle ils tentaient d'engloutir leur nourriture, ils la perdaient souvent entièrement. Bradley était heureux d'avoir un socle rien que pour lui.

Bientôt, le gardien du lieu revint avec un bol en bois rempli de nourriture. Il versa cela dans le « trough » de Bradley, comme il le pensait déjà. L'Anglais était heureux de ne pas pouvoir voir dans l'alcôve sombre ou savoir quels étaient tous les ingrédients qui constituaient le plat devant lui, car il avait très faim.

Après la première bouchée, il se soucia encore moins d'enquêter sur les antécédents du plat, car il le trouva particulièrement appétissant. Il semblait être constitué d'une combinaison de viande, de fruits, de légumes, de petits poissons et d'autres articles de nourriture indéterminables, le tout assaisonné pour produire un effet gastronomique à la fois déroutant et délicieux.

Lorsqu'il eut fini, son « trough » était vide, et il commença alors à se demander qui paierait son repas. En attendant que le propriétaire revienne, il se mit à examiner le plat dont il avait mangé et le socle sur lequel il reposait. La fontaine était en pierre, lissée par une utilisation prolongée, les quatre bords extérieurs creusés et polis par le contact des innombrables corps de Wieroo qui s'y étaient appuyés pendant combien de temps, Bradley ne pouvait même pas le deviner. Tout dans l'endroit donnait l'impression d'une grande ancienneté. Les socles sculptés étaient noirs d'usage, les sièges en bois étaient creusés, le sol en dalles de pierre était poli par le contact de peut-être des millions de pieds nus et érodé dans les allées entre les socles, de sorte que ces derniers reposaient sur de petites buttes de pierre de plusieurs pouces au-dessus du niveau général du sol.

Enfin, voyant que personne ne venait pour payer, Bradley se leva et se dirigea vers la porte. Il avait parcouru la moitié de la distance lorsque la voix de son hôte l'appela : "Reviens, jaal-lu", cria le Wieroo ; et Bradley fit ce qu'on lui demandait. En approchant de la créature qui se tenait maintenant derrière un grand socle à plateau plat à côté de l'alcôve, il vit sur la surface lisse quelque chose qui aurait presque provoqué un cri de stupéfaction chez lui - une chose simple, commune ou l'aurait été presque n'importe où dans le monde sauf à Caspak - un morceau carré de papier !

Et dessus, d'une fine écriture compacte, étaient écrits de nombreux hiéroglyphes étranges ! Ces créatures remarquables avaient donc une langue écrite en plus d'une langue parlée et, en plus de l'art de tisser le tissu, elles possédaient celui de la fabrication du papier. Est-ce que de telles créatures grotesques représentaient la haute culture de la race humaine à l'intérieur des frontières de Caspak ? La sélection naturelle avait-elle produit au cours des innombrables âges de la vie caspakienne une monstruosité ailée qui représentait le pinacle terrestre de l'évolution humaine ?

Bradley avait noté certains indices évidents d'une évolution graduelle de l'homme-singe à l'homme-lance, telle qu'elle était illustrée par les races superposées d'Alalus, d'hommes-club et d'hommes-hachette qui formaient les maillons de liaison entre les deux extrêmes avec lesquels il était entré en contact. Il avait entendu parler des Kro-lus et des Galus - réputés encore plus élevés dans le plan de l'évolution - et maintenant il avait des preuves incontestables d'une race possédant des raffinements de civilisation de plusieurs éons en avance sur les hommes-lance. Les conjectures éveillées par une simple considération des possibilités impliquées devinrent aussitôt aussi folles et bizarres que les imaginations insensées d'un toxicomane.

Alors que ces pensées traversaient son esprit, le Wieroo tendit un stylo en os fixé à un support en bois et en même temps fit un signe pour indiquer que Bradley devait écrire sur le papier. Il était difficile de juger, à partir des traits inexpressifs du Wieroo, ce qui se passait dans l'esprit de la créature, mais Bradley ne put s'empêcher de penser que la chose jetait un regard superstitieux sur lui, presque comme pour dire : "Bien sûr, tu ne sais pas écrire, pauvre créature basse ; mais tu peux faire ta marque."

Bradley saisit la plume et écrivit d'une main ferme et lisible : "John Bradley, Angleterre". Le Wieroo montra des signes de consternation en saisissant le morceau de papier et examina l'écriture avec tous les signes d'incrédulité et de surprise. Bien sûr, il ne pouvait rien faire des caractères étranges, mais il les accepta évidemment comme la preuve que Bradley possédait une connaissance d'une langue écrite, car après l'entrée de l'Anglais, il fit quelques caractères de son propre chef.

"Tu reviendras ici juste avant que Lua ne cache son visage derrière la grande falaise", annonça la créature, "à moins qu'avant cela tu ne sois convoqué par Celui qui Parle pour Luata, auquel cas tu n'auras plus besoin de manger."

"C'est rassurant", pensa Bradley en se tournant et en quittant le bâtiment.

Dehors se trouvaient plusieurs Wieroos qui avaient mangé aux socles à l'intérieur. Ils l'entourèrent immédiatement, posant toutes sortes de questions, tirant sur ses vêtements, sa ceinture de munitions et son pistolet. Leur comportement était totalement différent de ce qu'il avait été à l'intérieur du lieu de repas, et Bradley allait apprendre qu'une maison de nourriture était un sanctuaire pour lui, car les lois strictes des Wieroos interdisaient les altercations à l'intérieur de tels murs. Maintenant, ils étaient brusques et menaçants, avec des ailes à moitié déployées, ils tournoyaient autour de lui dans des postures menaçantes, lui barraient le passage vers l'échelle menant au toit d'où il était descendu ; mais l'Anglais n'était pas du genre à tolérer l'ingérence très longtemps. Tout d'abord, il tenta de se frayer un passage, et puis quand l'un d'entre eux saisit son bras et le tira rudement en arrière, Bradley se retourna contre la créature et lui asséna un coup violent à la mâchoire qui l'abattit.

Instantanément, la confusion régna. Des lamentations retentirent, de grandes ailes s'ouvrirent et se refermèrent avec un bruit de battement sonore, et de nombreuses mains aux griffes acérées se tendirent pour l'attraper. Bradley frappa à droite et à gauche. Il n'osa pas utiliser son pistolet de peur que, dès qu'ils découvriraient sa puissance, il ne soit submergé par le nombre et dépossédé de ce qu'il considérait comme son atout, à réserver jusqu'au dernier moment pour l'aider dans son évasion, car déjà l'Anglais planifiait, bien que presque sans espoir, une telle tentative.

Quelques coups convainquirent Bradley que les Wieroos étaient de parfaits lâches et qu'ils ne portaient pas d'armes, car après que deux ou trois étaient tombés sous ses poings, les autres formèrent un cercle autour de lui, mais à une distance sûre et se contentèrent de menaces et de fanfaronnades, tandis que ceux qu'il avait abattus gisaient sur le trottoir sans essayer de se relever, tout en gémissant et en hurlant en chœur de façon lugubre.

Encore une fois, Bradley se dirigea vers l'échelle, et cette fois, le cercle se rompit devant lui ; mais dès qu'il eut monté quelques barreaux, un pied fut saisi et l'on tenta de le tirer vers le bas. D'un regard en arrière rapide, l'Anglais, s'accrochant fermement à l'échelle des deux mains, releva son pied libre et avec toute la force de sa puissante jambe, planta une lourde chaussure carrément dans le visage aplati du Wieroo qui le retenait. Hurlant horriblement, la créature se frappa les deux mains sur le visage et s'effondra tandis que Bradley grimpa rapidement la distance restante jusqu'au toit, bien que, dès qu'il atteignit le sommet de l'échelle, un grand battement d'ailes en dessous lui fit comprendre que les Wieroos se levaient après lui. Un moment plus tard, ils se précipitèrent autour de sa tête alors qu'il courait vers l'appartement où il avait passé les premières heures de la matinée après son arrivée.

Il n'y avait qu'une courte distance entre le sommet de l'échelle et la porte, et Bradley avait presque atteint son but lorsque la porte s'ouvrit brusquement et Fosh-bal-soj en sortit. Immédiatement, les Wieroos poursuivants demandèrent des représailles contre le jaal-lu qui les avait tellement maltraités. Fosh-bal-soj écouta leurs plaintes puis, d'un geste soudain de sa main droite, saisit Bradley par la peau du cou et le projeta par la porte sur le sol de la chambre.

La violence de l'attaque fut si soudaine et la force du Wieroo si surprenante que l'Anglais fut complètement pris au dépourvu. Lorsqu'il se releva, la porte était fermée et Fosh-bal-soj se tenait au-dessus de lui, son visage hideux déformé par une expression de colère et de haine.

"Hyène, serpent, lézard !" hurla-t-il. "Vous oseriez poser vos mains basses, viles et profanatrices même sur le plus humble des Wieroos - les élus sacrés de Luata !"

Bradley était furieux, et donc il parlait d'une voix très basse et calme tandis qu'un demi-sourire jouait sur ses lèvres, mais ses yeux froids et gris ne souriaient pas.

"Ce que tu viens de me faire," dit-il, "je vais te tuer pour ça," et tandis qu'il parlait, il se jeta à la gorge de Fosh-bal-soj. L'autre Wieroo qui dormait quand Bradley quitta la chambre était parti, et les deux étaient seuls. Fosh-bal-soj ne montrait guère la lâcheté de ceux qui avaient attaqué Bradley dans la ruelle, mais cela pouvait être dû au peu d'opportunité qu'il avait, car Bradley l'avait déjà à la gorge avant qu'il puisse pousser un cri, et de sa main droite, il le frappait violemment et à plusieurs reprises sur le visage et sur le cœur - des coups courts et brutaux qui font rapidement perdre toute envie de se battre à un homme.

Mais Fosh-bal-soj n'avait aucune intention de mourir passivement. Il griffa et frappa Bradley tout en essayant de se protéger des coups impitoyables avec ses grandes ailes, cherchant en même temps à saisir la gorge de son adversaire. Finalement, il réussit à faire trébucher l'Anglais, et tous deux tombèrent lourdement sur le sol, Bradley en dessous, tandis que, dans le même instant, le Wieroo enserra ses longues serres autour de la trachée de l'autre.

Fosh-bal-soj était doté d'une force énorme et se battait pour sa vie. L'Anglais réalisa rapidement que la bataille tournait en sa défaveur. Ses poumons étaient déjà douloureusement oppressés alors qu'il cherchait son pistolet. Il eut du mal à le sortir de son étui, et même alors, face à la mort imminente, il pensa à ses précieuses munitions. "Je ne peux pas les gaspiller", pensa-t-il ; et en glissant ses doigts vers le canon, il leva l'arme et porta un coup terrible à Fosh-bal-soj entre les yeux. Instantanément, les doigts en forme de griffes lâchèrent prise, et la créature s'effondra mollement au sol à côté de Bradley, qui resta plusieurs minutes à haleter douloureusement pour reprendre son souffle.

Quand il le put, il se leva et se pencha au-dessus du Wieroo, allongé silencieux et immobile, ses ailes retombant mollement et ses grands yeux ronds fixés sans expression vers le plafond. Une brève inspection convainquit Bradley que la créature était morte, et avec cette conviction vint un sentiment accablant des dangers qui devaient maintenant le confronter. Mais comment allait-il s'échapper ?

Sa première pensée fut de trouver un moyen de dissimuler la preuve de son acte, puis de faire un effort audacieux pour s'échapper. En s'approchant de la deuxième porte, il la poussa doucement et jeta un coup d'œil à ce qui semblait être une réserve. À l'intérieur, il y avait un amas de tissu tel que les robes des Wieroos étaient confectionnées, plusieurs coffres peints en bleu et blanc, avec des hiéroglyphes blancs peints en traits gras sur le bleu, et des hiéroglyphes bleus sur le blanc. Dans un coin se trouvait un tas de crânes humains atteignant presque le plafond, et dans un autre, une pile d'ailes de Wieroo séchées. La chambre avait une forme aussi irrégulière que l'autre et avait une seule fenêtre et une deuxième porte à l'extrémité opposée, mais elle ne possédait pas l'issue par le toit et, ce qui était le plus important, il n'y avait aucune créature de quelque sorte que ce soit à l'intérieur.

Aussi rapidement que possible, Bradley traîna le cadavre du Wieroo à travers la porte et la referma ; puis il chercha un endroit pour dissimuler le corps. L'un des coffres était assez grand pour contenir le corps si les genoux étaient bien pliés, et avec cette idée en tête, Bradley s'approcha du coffre pour l'ouvrir. Le couvercle était constitué de deux morceaux, chacun étant articulé à l'extrémité opposée du coffre et s'emboîtant parfaitement à l'endroit où ils se rejoignaient au centre du coffre, formant une jointure solide et bien ajustée. Il n'y avait pas de serrure. Bradley souleva la moitié du couvercle et jeta un coup d'œil à l'intérieur. Avec un "Nom d'une pipe !" étouffé, il se pencha plus près pour examiner le contenu : le coffre était à moitié rempli d'une variété de bijoux en or. Il y avait ce qui semblaient être des bracelets, des chevillières et des broches en or vierge.

Se rendant compte qu'il n'y avait pas de place dans le coffre pour le corps du Wieroo, Bradley se tourna pour chercher un autre moyen de dissimuler la preuve de son crime. Il y avait un espace entre les coffres et le mur, et il y poussa le cadavre, empilant les robes abandonnées dessus jusqu'à ce qu'il fût complètement caché à la vue. Mais maintenant, comment allait-il réussir à s'échapper dans l'éclatante lumière de ce début de printemps ?

Il s'approcha de la porte à l'extrémité opposée de l'appartement et l'ouvrit prudemment d'un pouce. Devant lui, à environ deux pieds de distance, se dressait le mur aveugle d'un autre bâtiment. Bradley ouvrit un peu plus la porte et regarda dans les deux directions. Il n'y avait personne en vue à gauche sur une grande étendue de toit, et à droite, un autre bâtiment obstruait sa ligne de vision à environ vingt pieds. En sortant, il se tourna vers la droite et en quelques pas, trouva un passage étroit entre deux bâtiments. En s'engageant dedans, il avait parcouru environ la moitié de sa longueur quand il vit un Wieroo apparaître à l'extrémité opposée et s'arrêter. La créature ne regardait pas dans le passage, mais à tout moment, elle aurait pu tourner ses yeux vers lui, le découvrant immédiatement.

À gauche de Bradley se trouvait une niche triangulaire dans le mur d'une des maisons, et il s'y précipita pour se dissimuler à la vue du Wieroo. À côté de lui se trouvait une porte peinte en jaune vif, construite selon le même modèle que les autres portes Wieroo qu'il avait vues, composée d'innombrables lames de bois étroites de quatre à six pouces de long, posées en patchs de largeur similaire, les lames des patchs adjacents ne suivant jamais la même direction. Le résultat ressemblait quelque peu à une courtepointe folle, ce qui était renforcé lorsque, comme dans l'une des portes qu'il avait vues, des patchs contigus étaient peints de couleurs différentes. Les lames semblaient avoir été liées ensemble et au châssis sous-jacent de la porte avec du la colle ou de la fibre, puis collées, après quoi une épaisse couche de peinture avait été appliquée. Un bord de la porte était formé d'une tige droite et ronde d'environ deux pouces de diamètre qui dépassait en haut et en bas, les saillies s'encastrant dans des trous ronds à la fois dans le linteau et le seuil, formant l'axe sur lequel pivotait la porte. Un disque excentrique sur la face intérieure de la porte s'engageait dans une fente dans le cadre lorsqu'il fallait verrouiller la porte contre les intrus.

Tandis que Bradley se tenait plaqué contre le mur en attendant que le Wieroo s'éloigne, il entendit les ailes de la créature frotter contre les côtés des bâtiments alors qu'elle se frayait un chemin dans le passage étroit en sa direction. Comme la porte jaune offrait le seul moyen de s'échapper sans être détecté, l'Anglais décida de prendre le risque de découvrir ce qui pouvait se trouver au-delà, et ainsi, en la poussant résolument, il franchit le seuil et entra dans une petite pièce.

En le faisant, il entendit une exclamation étouffée de surprise, et en tournant les yeux dans la direction d'où venait le bruit, il aperçut une jeune fille aux yeux écarquillés, plaquée contre le mur opposé, une expression d'incrédulité sur son visage. D'un coup d'œil, il vit qu'elle n'appartenait à aucune race d'humains avec lesquels il avait été en contact depuis son arrivée sur Caprona, il n'y avait aucune trace dans sa forme ou dans ses traits d'une parenté avec ces peuples inférieurs, ni dans sa tenue vestimentaire — ou plutôt, elle ne manquait pas entièrement de vêtements comme la plupart d'entre eux.

Une peau douce tombait de son épaule gauche jusqu'à un peu en dessous de sa hanche gauche d'un côté, et presque jusqu'à son genou droit de l'autre, une ceinture ample entourait sa taille, et des ornements en or, comme ceux qu'il avait vus dans le coffre bleu et blanc, encerclaient ses bras et ses jambes, tandis qu'un diadème doré avec un diadème triangulaire ceignait ses cheveux épais au-dessus de ses sourcils. Sa peau était blanche comme si elle avait été longtemps enfermée à l'intérieur, mais elle était claire et fine. Sa silhouette, partiellement dissimulée par le cuir de cerf doux, était faite de courbes de symétrie et de grâce juvénile, tandis que ses traits auraient facilement pu faire l'envie des beautés les plus vantées du continent.

Si la jeune fille était surprise par l'apparition soudaine de Bradley, ce dernier était absolument stupéfait de découvrir une créature aussi merveilleuse parmi les hideux habitants de la Cité des Crânes Humains. Pendant un instant, les deux se regardèrent mutuellement, consternés, et ensuite Bradley parla, utilisant au mieux de ses modestes capacités la langue commune de Caspak.

"Qui es-tu," demanda-t-il, "et d'où viens-tu ? Ne me dis pas que tu es un Wieroo."

"Non," répondit-elle, "je ne suis pas un Wieroo." Et elle frissonna légèrement en prononçant le mot. "Je suis une Galu ; mais qui es-tu et que représentes-tu ? Je suis certaine que tu n'es pas un Galu, à en juger par tes vêtements ; mais tu ressembles aux Galus en d'autres points. Je sais que tu ne viens pas de cette ville effroyable, car j'y suis depuis près de dix lunes, et je n'ai jamais vu de mâle Galu amené ici auparavant, ni personne comme toi et moi, à part les prisonniers dans le pays d'Oo-oh, et ce sont toutes des femelles. Es-tu donc un prisonnier ?"

Il lui dit brièvement qui il était, bien qu'il doutât qu'elle comprît, et elle lui apprit qu'elle était prisonnière depuis de nombreux mois, bien qu'il n'apprît pas encore à quel dessein, car au milieu de leur conversation, la porte jaune s'ouvrit et un Wieroo en robe jaune entra.

À la vue de Bradley, la créature devint furieuse. "D'où vient ce reptile ?" demanda-t-elle à la jeune fille. "Depuis combien de temps est-il ici avec toi ?"

"Il est venu par la porte juste devant toi," répondit Bradley pour la jeune fille.

Le Wieroo parut soulagé. "C'est bien que cela en soit ainsi," dit-il, "car maintenant, seule la fille devra mourir." Et se dirigeant vers la porte, la créature émit l'un de ces cris lugubres et déprimants.

L'Anglais regarda la jeune fille. "Dois-je le tuer ?" demanda-t-il, sortant à moitié son pistolet. "Que faut-il faire ? — Je ne veux pas te mettre en danger."

Le Wieroo recula vers la porte. "Profanateur !" cria-t-il. "Tu oses menacer l'un des sacrés élus de Luata !"

"Ne le tue pas," supplia la jeune fille, "car alors il n'y aurait plus d'espoir pour toi. Le fait que tu sois ici, en vie, montre qu'ils ne veulent peut-être pas du tout te tuer, et il y a donc une chance pour toi si tu ne les provoques pas ; mais touche-le avec violence et ton crâne blanchi coiffera le piédestal le plus élevé d'Oo-oh."

"Et toi ?" demanda Bradley.

"Je suis déjà condamnée," répondit la jeune fille ; "je suis cos-ata-lo."

"Cos-ata-lo! Cos-ata-lu!" Que signifiaient ces phrases pour être si souvent répétées par les habitants d'Oo-oh ? Lu et lo, Bradley savait que cela signifiait homme et femme ; ata était utilisé pour indiquer la vie, les œufs, la jeunesse, la reproduction et des sujets connexes ; cos était une négation ; mais en combinaison, elles étaient dénuées de sens pour l'Européen.

"Penses-tu qu'ils te tueront ?" demanda Bradley.

"Je souhaite seulement qu'ils le fassent", répondit la jeune fille. "Mon destin est pire que la mort, dans quelques nuits de plus, avec l'arrivée de la nouvelle lune."

"Pauvre serpentelle !" siffla le Wieroo. "Tu deviendras sacrée parmi toutes les femelles. Celui qui parle pour Luata t'a choisie pour lui. Aujourd'hui, tu iras dans son temple" — le Wieroo utilisa une phrase signifiant littéralement Haut Lieu — "où tu recevras les commandements sacrés."

La jeune fille frissonna et lança un regard mélancolique à Bradley. "Ah," soupira-t-elle, "si seulement je pouvais revoir ma bien-aimée contrée !"

L'homme s'approcha soudainement de son côté avant que le Wieroo puisse s'interposer, et d'une voix basse, il lui demanda s'il n'y avait aucun moyen pour qu'il puisse organiser son évasion. Elle secoua la tête avec tristesse. "Même si nous échappions à la ville", répondit-elle, "il y a la grande eau entre l'île d'Oo-oh et la côte des Galus."

"Et que se trouve au-delà de la ville, si nous pouvions la quitter ?" poursuivit Bradley.

"Je ne peux que deviner d'après ce que j'ai entendu depuis que j'ai été amenée ici", répondit-elle. "Mais d'après les rapports et les remarques fortuites, je suppose que c'est une belle contrée où il n'y a que peu de bêtes sauvages et pas d'hommes, car seuls les Wieroos habitent cette île et ils vivent toujours dans des villes, dont il y en a trois, celle-ci étant la plus grande. Les autres sont à l'extrémité opposée de l'île, qui mesure environ trois marches d'un bout à l'autre et à son point le plus large environ une marche."

D'après son expérience personnelle et ce que les autochtones du continent lui avaient raconté, Bradley savait qu'une dizaine de milles constituait une bonne journée de marche à Caspak, en raison du fait que la plupart des endroits étaient des contrées sauvages sans chemins, et que les voyageurs étaient constamment assaillis par d'horribles bêtes et reptiles qui entravaient considérablement leur progression rapide.

Les deux avaient parlé rapidement, mais furent maintenant interrompus par l'arrivée à travers l'ouverture du toit de plusieurs Wieroos qui étaient venus en réponse à l'alarme lancée par la créature en robe jaune.

"Cette jaal-lu," cria l'offensé, "m'a menacé. Prenez sa hache et attachez-le bien, là où il ne pourra pas faire de mal, jusqu'à ce que Celui qui Parle pour Luata ait dit ce qu'il doit en être. C'est l'une de ces étranges créatures que Fosh-bal-soj a d'abord découverte au-dessus du pays Band-lu et suivie jusqu'au commencement. Celui qui Parle pour Luata a envoyé Fosh-bal-soj pour en ramener une des créatures, et la voilà. On espère qu'elle vient d'un autre monde et détient le secret des cos-ata-lus."

Les Wieroos s'approchèrent hardiment pour prendre la "hache" de Bradley, leur chef ayant indiqué le pistolet qui pendait dans son étui à sa hanche, mais le premier recula en chancelant contre ses compagnons après le coup au menton que Bradley suivit d'une ruée et de l'intention de nettoyer la pièce en un temps record ; mais il avait omis de prendre en compte l'ouverture dans le toit. Deux étaient à terre, et un grand cri et des lamentations montaient quand des renforts arrivèrent d'en haut. Bradley ne les vit pas ; mais la jeune fille les aperçut, et bien qu'elle criât un avertissement, il était trop tard pour lui d'éviter un grand Wieroo qui plongea tête la première sur lui, le frappant entre les épaules et le renversant au sol. Immédiatement une douzaine d'autres se sont précipités sur lui. Son pistolet fut arraché de son étui et il fut solidement maintenu en place par la force du nombre.

Sur un mot du Wieroo en robe jaune qui était évidemment une personne d'autorité, l'un d'eux partit et revint bientôt avec des cordes de fibres avec lesquelles Bradley fut solidement ligoté.

"Maintenant, emmenez-le au Lieu Bleu des Sept Crânes", ordonna le chef Wieroo, "et que l'un prenne note de tout ce qui s'est passé pour Celui qui Parle pour Luata."

Chacune des créatures leva une main, le dos contre son visage, comme pour saluer. L'un d'eux saisit Bradley et le porta à travers la porte jaune jusqu'au toit, d'où il s'éleva sur ses larges ailes et s'envola à travers les toits d'Oo-oh, tenant fermement son lourd fardeau dans ses longues serres.

En dessous de lui, Bradley pouvait voir la ville s'étendre à perte de vue de tous côtés. Elle n'était pas aussi grande qu'il l'avait imaginée, bien qu'il estimât qu'elle mesurait au moins trois milles carrés. Les maisons étaient empilées en tas indescriptibles, atteignant parfois une hauteur de cent pieds. Les rues et les ruelles étaient courtes et tortueuses, et il y avait de nombreuses zones où les bâtiments étaient enfoncés si étroitement les uns contre les autres que la lumière ne pouvait en aucune façon atteindre les étages les plus bas, toute la surface du sol étant solidement remplie d'eux.

Les couleurs étaient variées et surprenantes, l'architecture était incroyable. De nombreux toits étaient en forme de coupe ou de soucoupe, avec un petit trou au centre de chacun, comme s'ils avaient été construits pour recueillir l'eau de pluie et la conduire à un réservoir en dessous ; mais presque tous les autres avaient une grande ouverture sur le dessus que Bradley avait vu être utilisée par ces hommes volants à la place des portes. À tous les niveaux, il y avait des poteaux surmontés de crânes grimaçants ; mais les deux caractéristiques les plus marquantes de la ville étaient la tour ronde de crânes humains que Bradley avait remarquée plus tôt dans la journée et un autre édifice beaucoup plus grand, près du centre de la ville. À mesure qu'ils s'en approchaient, Bradley vit qu'il s'agissait d'un immense bâtiment s'élevant à cent pieds du sol, seul au centre de ce qui aurait pu être appelé une place dans une autre partie du monde. Cependant, ses différentes parties étaient assemblées avec la même irrégularité étrange qui caractérisait l'architecture de la ville dans son ensemble, et il était coiffé d'un énorme toit en forme de soucoupe qui dépassait largement les avant-toits, donnant l'apparence d'un chapeau chinois colossal, renversé.

Le Wieroo portant Bradley survola un coin de l'espace ouvert autour du grand bâtiment, révélant à l'Anglais de l'herbe et des arbres ainsi qu'un cours d'eau en dessous. Ils passèrent devant le bâtiment, et à environ cinq cents yards de là, la créature atterrit sur le toit d'un bâtiment carré, bleu, surmonté de sept poteaux portant sept crânes. C'était donc, pensa Bradley, le Lieu Bleu des Sept Crânes.

Au-dessus de l'ouverture dans le toit se trouvait une grille que le Wieroo retira. La créature attacha alors une corde en fibres à l'une des chevilles de Bradley et le fit basculer par-dessus le bord de l'ouverture. Tout était sombre en dessous, et pendant un instant, l'Anglais ressentit une véritable terreur comme il n'en avait jamais connu auparavant dans sa vie. Alors qu'il roulait dans l'abîme noir, il sentit la corde se resserrer autour de sa cheville, et un instant plus tard, il s'arrêta brusquement pour osciller comme un pendule, la tête en bas. Ensuite, la créature descendit jusqu'à ce que la tête de Bradley entre en contact soudain et douloureux avec le sol en dessous, après quoi le Wieroo lâcha complètement la corde et le corps de l'Anglais s'écrasa sur les planches de bois. Il sentit l'extrémité libre de la corde tombée sur lui et entendit la grille être glissée en place au-dessus de lui.

CHAPITRE III

À MOITIÉ ÉTOURDI, Bradley resta allongé pendant une minute, tel qu'il était tombé, puis se tortilla lentement et péniblement pour adopter une position moins inconfortable. Il ne pouvait rien distinguer de son environnement dans l'obscurité qui l'entourait, jusqu'à ce que, après quelques minutes, ses yeux s'adaptent à l'obscurité et qu'il les tourne de droite à gauche pour examiner sa prison.

Il se découvrit dans une pièce nue et dépourvue de fenêtres, sans pouvoir distinguer aucune autre ouverture que celle par laquelle il avait été descendu. Dans un coin gisait un amas informe qui aurait pu être n'importe quoi, d'un tas de chiffons à un cadavre.

Presque immédiatement après avoir pris ses repères, Bradley commença à travailler sur ses liens. Doté d'une puissante constitution, il avait toujours eu la conviction que les cordes de fibres qui le retenaient étaient trop faibles pour le maintenir, et il s'acharna à les tirer, persuadé qu'elles finiraient tôt ou tard par céder sous ses efforts. Au bout d'environ cinq minutes, il était sûr que les brins autour de ses poignets commençaient à céder, mais il dut s'arrêter à ce moment-là, épuisé.

Alors qu'il était étendu, ses yeux se posèrent sur le tas dans le coin, et bientôt il aurait pu jurer que la chose bougeait. Les yeux rivés dans l'obscurité, l'homme observait cette chose sinistre et inquiétante dans le coin. Peut-être ses nerfs à vif lui jouaient un mauvais tour. Il y pensa, et aussi que sa condition d'extrême impuissance aurait pu encore davantage stimuler son imagination. Il ferma les yeux et chercha à détendre ses muscles et ses nerfs, mais quand il rouvrit les yeux, il sut qu'il ne s'était pas trompé - la chose avait bougé ; maintenant elle gisait dans une forme légèrement différente et plus éloignée du mur. Elle était plus proche de lui.

Avec une force renouvelée, Bradley tira sur ses liens, son regard fasciné toujours fixé sur le tas informe. Il n'y avait plus de doute que ça bougeait - il le vit se soulever au centre de plusieurs pouces, puis se rapprocher de lui. Il s'affaissa et se releva de nouveau - une chose monstrueuse, dépourvue de tête et menaçante. Son silence même la rendait encore plus terrible.

Bradley était un homme courageux ; ordinairement, ses nerfs étaient d'acier. Cependant, être à la merci d'une horreur inconnue et sans nom, être incapable de se défendre - ce sont ces choses qui l'ont presque démonté, car au mieux, il n'était qu'humain. Se tenir à découvert, même lorsque les chances étaient toutes contre lui, pouvoir utiliser ses poings, offrir une sorte de défense, infliger des dommages à son adversaire - alors il pouvait faire face à la mort avec un sourire. Ce n'était pas la mort qu'il craignait maintenant, c'était l'horreur de l'inconnu qui fait partie de la nature de chaque fils de femme.

Le tas informe s'approchait de plus en plus. Bradley restait immobile et écoutait. Qu'entendait-il ? Une respiration ? Il ne pouvait pas se tromper - et puis, de l'amas de chiffons, un gémissement creux s'échappa. Bradley sentit ses cheveux se dresser sur sa tête. Il se débattit avec les brins qui s'écartaient lentement et le retenaient. La chose à côté de lui se leva plus haut qu'auparavant, et l'Anglais aurait juré avoir vu un seul œil qui le fixait parmi les étoffes froissées. Pendant un moment, le tas demeura immobile, seul le son de la respiration en émanait, puis il éclata d'un rire hystérique.

La sueur froide perla sur le front de Bradley alors qu'il tirait pour se libérer. Il vit les chiffons monter de plus en plus haut au-dessus de lui jusqu'à ce qu'ils tombent enfin sur le sol, provenant du corps d'un homme nu - une silhouette mince, osseuse, une hideuse caricature d'homme, qui grommelait et marmonnait tout en titubant sur ses jambes faibles et tremblantes, puis s'effondra de nouveau au sol en riant - riant horriblement.

Il rampa vers Bradley. "Nourriture ! Nourriture !" il cria. "Il y a une issue ! Il y a une issue !"

Traînant sa misérable existence à ses côtés, la créature s'affaissa sur la poitrine de l'Anglais. "Nourriture !" hurla-t-elle en cherchant la gorge nue de l'homme avec ses doigts osseux et ses dents.

"Nourriture ! Il y a une issue !" Bradley sentit des dents sur sa jugulaire. Il tourna et se contorsionna, parvenant à se libérer un instant ; mais une fois de plus, avec une hideuse persévérance, la chose se jeta sur lui. Les mâchoires faibles étaient incapables de faire pénétrer les dents émoussées dans la chair de la victime, mais Bradley sentit la chose gratter, gratter, gratter, comme un rat monstrueux cherchant à atteindre son sang.

Les bras maigres enlacèrent maintenant son cou, maintenant les dents à sa gorge malgré tous ses efforts pour déloger la chose. Aussi faible qu'elle fût, elle avait assez de force pour cela dans ses efforts frénétiques pour manger. Murmurant tandis qu'elle travaillait, elle répéta encore et encore : "Nourriture ! Nourriture ! Il y a une issue !" jusqu'à ce que Bradley pense que ces deux expressions seules suffiraient à le rendre fou.

Il était presque fou lorsqu'il arracha ses poignets des liens contraignants avec un effort final, soutenu par une force presque maniaque, et, tenant la créature répugnante qui gisait à moitié chemin dans la pièce sur sa poitrine, la jeta à travers la pièce. Haletant comme un chien épuisé, Bradley se mit à travailler sur les liens qui maintenaient ses chevilles, tandis que le maniaque tremblant et marmonnant où il était tombé. Finalement, l'Anglais se leva d'un bond - plus libre qu'il ne l'avait jamais été de toute sa vie, même s'il était toujours un prisonnier désespéré dans le Lieu Bleu des Sept Crânes.

Avec le mur pour soutien, tellement affaibli par la réaction, Bradley se tint là à regarder la créature sur le sol. Il la vit bouger et se relever lentement sur ses mains et ses genoux, où elle oscilla de gauche à droite en cherchant des yeux. Et quand ils le trouvèrent enfin, les lèvres tirées, il émanait de la bouche pâle les mots murmurés : "Nourriture ! Nourriture ! Il y a une issue !" La supplication pitoyable dans sa voix toucha le cœur de l'Anglais. Il savait que ce ne pouvait être un Wieroo, mais peut-être autrefois un homme comme lui, jeté dans cette fosse d'isolement avec ce résultat hideux qui pourrait, avec le temps, être son propre destin.

Et puis, il y avait aussi la suggestion d'espoir offerte par la répétition constante de la phrase : "Il y a une issue." Y avait-il une issue ? Que savait ce pauvre être ?

"Qui es-tu et depuis combien de temps es-tu ici ?" demanda soudainement Bradley.

Pendant un moment, l'homme sur le sol ne répondit pas, puis les mots murmurés vinrent : "Nourriture ! Nourriture !"

"Arrête !" commanda l'Anglais, l'injonction aurait pu être criée depuis le canon d'un pistolet. Elle amena l'homme à s'asseoir, les mains hors du sol. Il cessa de se balancer d'avant en arrière et sembla être soudainement poussé à tenter de maîtriser ses facultés de concentration et de réflexion.

Bradley répéta ses questions de manière tranchante.

"Je suis An-Tak, le Galu," répondit l'homme. "Luata seule sait depuis combien de temps je suis ici - peut-être dix lunes, peut-être dix lunes trois fois" - c'était l'équivalent caspakien de trente. "J'étais jeune et fort quand ils m'ont amené ici. Maintenant, je suis vieux et très faible. Je suis cos-ata-lu - c'est pourquoi ils ne m'ont pas tué. Si je leur révèle le secret pour devenir cos-ata-lu, ils me sortiront d'ici ; mais comment puis-je leur dire ce que seule Luata sait ?

"Qu'est-ce que cos-ata-lu ?" exigea Bradley.

"Nourriture ! Nourriture ! Il y a une issue !" marmonna le Galu.

Bradley traversa la pièce, saisit l'homme par les épaules et le secoua.

"Dis-moi," s'écria-t-il, "qu'est-ce que cos-ata-lu ?"

"Nourriture !" gémit An-Tak.

Bradley réfléchit un instant. Son sac de rationnement ne lui avait pas été confisqué. À l'intérieur, en plus de son rasoir et de son couteau, se trouvaient des bricoles d'équipement et une petite quantité de viande séchée. Il lança un petit morceau de cette dernière au Galu affamé. An-Tak s'en empara et le dévora avidement. Cela insuffla une nouvelle vie à l'homme.

"Qu'est-ce que cos-ata-lu ?" insista Bradley à nouveau.

An-Tak essaya d'expliquer. Son récit était souvent interrompu par des lapsus de concentration, au cours desquels il retombait dans ses plaintes pour de la nourriture et revenait à l'affirmation qu'il y avait une issue. Mais grâce à sa fermeté et à sa patience, l'Anglais tira morceau par morceau une explication plus ou moins claire du remarquable schéma d'évolution qui régnait à Caspak. Il y trouva des explications aux phénomènes jusqu'alors inexpliqués. Il découvrit pourquoi il n'avait vu aucun bébé ou enfant parmi les tribus caspakies avec lesquelles il était entré en contact ; pourquoi chaque tribu plus au nord montrait un état de développement plus élevé que celles du sud ; pourquoi chaque tribu incluait des individus présentant des caractéristiques physiques et mentales allant du plus élevé de la race inférieure suivante au plus bas de la race supérieure suivante ; et pourquoi les femmes de chaque tribu se plongeaient chaque matin pendant une heure ou plus dans les piscines chaudes près des habitations de leur peuple ; il découvrit aussi pourquoi ces piscines étaient presque à l'abri des attaques des animaux carnivores et des reptiles.

Il apprit que tous sauf ceux qui étaient cos-ata-lu venaient cor-sva-jo, ou depuis le début. L'œuf à partir duquel ils se développaient pour la première fois sous forme de têtard était déposé, avec des millions d'autres, dans l'une des piscines chaudes, avec lui un sérum toxique que les carnivores évitaient instinctivement. Du ruisseau chaud de la piscine, les innombrables milliards d'œufs et de têtards dérivaient lentement vers la mer. Certains âdevenaient des têtards dans la piscine, d'autres dans le ruisseau stagnant, et d'autres encore n'atteignaient ce stade qu'une fois qu'ils avaient atteint la grande mer intérieure. À la prochaine étape, ils devenaient poissons ou reptiles, An-Tak n'était pas certain duquel, et sous cette forme, toujours en développement, ils nageaient bien au sud, où, au milieu des jungles luxuriantes et grouillantes, certains d'entre eux évoluaient en amphibiens. Toujours il y avait ceux dont le développement s'arrêtait à la première étape, d'autres dont le développement s'interrompait quand ils devenaient des reptiles, tandis que la plus grande proportion constituait la réserve alimentaire des créatures voraces des profondeurs.

Peu nombreux étaient ceux qui finalement se développaient en babouins, puis en singes, ce qui était considéré par les Caspakiens comme le véritable début de l'évolution. À partir de l'œuf, l'individu se développait lentement vers une forme supérieure, tout comme l'œuf de grenouille se développe à travers divers stades, passant d'un poisson avec des branchies à une grenouille dotée de poumons. Avec cette idée en tête, Bradley découvrit qu'il n'était pas difficile de croire en la possibilité d'un tel schéma - il n'y avait rien de nouveau en cela.

À partir du singe, l'individu, s'il survit, se développe lentement en l'homme de l'ordre le plus bas - l'Alu - puis progressivement en Bo-lu, Sto-lu, Band-lu, Kro-lu, et enfin en Galu. Et à chaque étape, d'innombrables millions d'autres œufs étaient déposés dans les piscines chaudes des différentes races et flottaient jusqu'à la grande mer pour traverser un processus similaire d'évolution en dehors de l'utérus, de la même manière que se développent nos propres jeunes à l'intérieur ; mais à Caspak, le schéma est beaucoup plus inclusif, car il combine non seulement le développement individuel, mais aussi l'évolution des espèces et des genres. Si un œuf survit, il traverse toutes les étapes de développement que l'homme a traversées au cours des éons insondables depuis que la vie a commencé à s'animer à la surface de la Terre.

La dernière étape, celle que les Galus ont presque atteinte et pour laquelle ils fondent tous leurs espoirs, est le cos-ata-lu, ce qui signifie littéralement "homme-sans-œuf", ou un être qui naît directement, à l'instar des jeunes du monde extérieur des mammifères. Certains des Galus produisent à la fois du cos-ata-lu et du cos-ata-lo ; les Wieroos ne produisent que du cos-ata-lu, en d'autres termes, tous les Wieroos naissent mâles, et c'est pourquoi ils chassent les femmes des Galus et parfois capturent et torturent les hommes Galus qui sont cos-ata-lu dans l'espoir d'apprendre le secret qu'ils croient leur donnera un pouvoir illimité sur tous les autres habitants de Caspak.

Aucun Wieroo ne naît depuis le début - tous sont issus de pères Wieroo et de mères Galu qui sont cos-ata-lo, et il y en a très peu de ces dernières en raison des longues et précaires étapes du développement. Il faut que sept générations du même ancêtre naissent depuis le début avant qu'un enfant cos-ata-lu puisse naître ; et quand on considère les dangers effrayants qui entourent l'étincelle de vie depuis le moment où elle quitte la piscine chaude où elle a été déposée pour flotter jusqu'à la mer au milieu des créatures voraces qui pullulent en surface et en profondeur, et les épreuves presque tout aussi inimaginables de son effort pour survivre une fois qu'elle est devenue un animal terrestre et commence à se diriger vers le nord à travers les horreurs des jungles et des forêts de Caspak, c'est clairement un miracle qu'un seul bébé soit jamais né d'une femme Galu.

Il faut sept cycles avant que le septième Galu puisse terminer le septième cercle infesté de dangers depuis que son premier ancêtre Galu a atteint l'état de Galu. Pendant des siècles auparavant, les ancêtres de ce premier Galu ont peut-être évolué à partir d'un œuf Band-lu ou Bo-lu sans jamais compléter une fois le cercle entier - c'est-à-dire à partir d'un œuf Galu, pour redevenir un Galu entièrement développé.

La tête de Bradley tournait avant même qu'il ne commence à saisir les complexités de l'évolution caspakienne ; mais à mesure que la vérité pénétrait lentement dans sa compréhension - qu'elle devenait progressivement possible de visualiser le schéma, il semblait plus simple. En fait, il semblait même moins difficile à comprendre que ce qu'il connaissait.

Pendant plusieurs minutes après que An-Tak eut cessé de parler, sa voix s'était affaiblie jusqu'à se taire, aucun des deux ne parla de nouveau. Ensuite, le Galu recommença son, "Nourriture ! Nourriture ! Il y a une issue !" Bradley lui lança un autre morceau de viande séchée, attendant patiemment qu'il le mange, cette fois plus lentement.

"Que veux-tu dire en disant qu'il y a une issue ?" demanda-t-il.

"Celui qui est mort ici juste après mon arrivée me l'a dit", répondit An-Tak. "Il a dit qu'il y avait une issue, qu'il l'avait découverte mais qu'il était trop faible pour utiliser son savoir. Il essayait de me dire comment la trouver quand il est mort. Oh, Luata, s'il avait vécu un instant de plus !"

"Ils ne te nourrissent pas ici ?" demanda Bradley.

"Non, ils me donnent de l'eau une fois par jour, c'est tout."

"Comment as-tu survécu, alors ?"

"Les lézards et les rats", répondit An-Tak. "Les lézards ne sont pas si mauvais, mais les rats sont infects à manger. Cependant, je dois les manger, sinon ils me mangeraient, et ils valent mieux que rien ; mais ces derniers temps, ils ne viennent pas aussi souvent, et je n'ai pas eu de lézard depuis longtemps. Je vais manger, cependant", marmonna-t-il. "Je vais manger maintenant, car tu ne peux pas rester éveillé éternellement." Il rit, un rire sec et grinçant. "Quand tu dormiras, An-Tak mangera."

C'était horrible. Bradley frissonna. Pendant longtemps, ils restèrent assis en silence. L'Anglais pouvait deviner pourquoi l'autre ne faisait aucun bruit - il attendait le moment où le sommeil devrait survenir chez sa victime. Dans le long silence, une faible et monotone rumeur naquit aux oreilles de Bradley, comme le bruit d'une eau qui coule dans un étroit canal. Il écouta attentivement. Il semblait venir de très loin sous le plancher.

"Quel est ce bruit ?" demanda-t-il. "On dirait de l'eau qui coule dans un canal étroit."

"C'est la rivière", répondit An-Tak. "Pourquoi ne dors-tu pas ? Elle passe directement sous le Lieu Bleu des Sept Crânes. Elle traverse les terrains du temple, passe sous le temple et sous la ville. Quand nous mourrons, ils nous couperont la tête et jetteront nos corps dans la rivière. À l'embouchure de la rivière, de nombreux gros reptiles attendent. C'est ainsi qu'ils se nourrissent. Les Wieroos font de même avec leurs morts, ne conservant que les crânes et les ailes. Viens, dormons."

"Les reptiles remontent-ils la rivière jusqu'à la ville ?" demanda Bradley.

"L'eau est trop froide, ils ne quittent jamais l'eau chaude du grand bassin", répondit An-Tak.

"Cherchons la sortie", suggéra Bradley.

An-Tak secoua la tête. "J'ai cherché pendant toutes ces lunes", dit-il. "Si je n'ai pas pu la trouver, comment le ferais-tu ?"

Bradley ne répondit pas, mais il entreprit un examen minutieux des murs et du sol de la pièce, pressant chaque pied carré et tapant du poing. À environ six pieds du sol, il découvrit une plateforme de repos près d'une extrémité de la pièce. Il demanda à An-Tak ce qu'il en pensait, mais le Galu dit qu'aucun Weiroo n'avait occupé l'endroit depuis son incarcération. Bradley inspecta à maintes reprises le sol et les murs aussi haut qu'il pouvait atteindre. Finalement, il se hissa sur la plateforme pour examiner au moins une extrémité de la pièce jusqu'au plafond.

Au centre du mur, près du sommet, une zone d'environ trois pieds carrés produisit un son creux quand il frappa dessus. Bradley passa ses doigts sur chaque pouce carré de cette zone. Près du sommet, il trouva un petit trou rond légèrement plus grand en diamètre que son majeur, qu'il enfonça immédiatement. Le panneau, s'il en était un, semblait épais d'environ un pouce, et au-delà, son doigt ne rencontra rien. Bradley plia son doigt de l'autre côté du panneau et tira vers lui, fermement mais avec une force considérable. Soudain, le panneau vola en dedans, précipitant presque l'homme au sol. Il était articulé en bas, et une fois abaissé, le bord extérieur reposait sur la plateforme, créant une petite plateforme parallèle au sol de la pièce.

Au-delà de l'ouverture se trouvait un vide complètement noir. L'Anglais se pencha à travers et étendit son bras aussi loin que possible dans l'obscurité, mais ne toucha rien. Puis il fouilla dans son sac pour trouver une allumette, quelques-unes desquelles lui restaient. Quand il l'alluma, An-Tak poussa un cri de terreur. Bradley tint la lumière bien dans l'ouverture devant lui et dans ses lueurs vacillantes, il vit le haut d'une échelle qui descendait dans un abîme noir en dessous. Il ne pouvait pas deviner sa profondeur, mais il était sûr qu'il le saurait bientôt.

"Tu as trouvé ! Tu as trouvé la sortie !" hurla An-Tak. "Oh, Luata ! Et maintenant, je suis trop faible pour y aller. Emmène-moi avec toi ! Emmène-moi avec toi !"

"Tais-toi !" avertit Bradley. "Tu auras bientôt tout le troupeau d'oiseaux au-dessus de nos têtes, et aucun de nous n'échappera. Tais-toi, et je vais de l'avant. Si je trouve une sortie, je reviendrai t'aider, si tu promets de ne pas essayer de me manger de nouveau."

"Je promets", cria An-Tak. "Oh, Luata ! Comment as-tu pu me blâmer ? Je suis à moitié fou de faim et de longue captivité et de l'horreur des lézards et des rats, et de l'attente constante de la mort."

"Je sais", dit simplement Bradley. "Je suis désolé pour toi, mon vieux. Tiens bon." Et il se glissa dans l'ouverture, trouva l'échelle avec ses pieds, referma le panneau derrière lui, et descendit dans l'obscurité.

En dessous de lui, le bruit de l'eau qui coule se faisait de plus en plus distinct. L'air était humide et frais. Il ne pouvait rien voir de son environnement et ne sentait rien d'autre que les côtés lisses et usés ainsi que les barreaux de l'échelle qu'il parcourait avec précaution, de peur de tomber ou de casser un barreau.

Alors qu'il descendait lentement, l'échelle semblait interminable et le puits sans fond, mais il réalisa enfin, lorsqu'il atteignit le fond, qu'il n'avait pu descendre que d'une cinquantaine de pieds environ. Le bas de l'échelle reposait sur une étroite corniche pavée de ce qui semblait être de grosses pierres rondes, mais ce qu'il savait être, d'expérience, des crânes humains. Il ne pouvait s'empêcher de s'émerveiller d'où venaient ces milliers innombrables de choses, jusqu'à ce qu'il fasse une pause pour considérer que l'enfance de Caspak remontait sans doute à des âges lointains, bien au-delà de ce que le monde extérieur considérait comme le début du temps terrestre. Pendant tous ces âges, les Wieroos auraient pu rassembler des crânes humains de leurs ennemis et de leurs propres morts, assez pour construire une ville entière avec.

Se sentant le long de la corniche étroite, Bradley arriva bientôt à un mur aveugle qui s'étendait au-dessus de l'eau qui tourbillonnait en dessous de lui, aussi loin qu'il pouvait atteindre. En se baissant, il tâtonna avec une main, se penchant vers la surface de l'eau, et découvrit que le bas du mur formait un arc au-dessus du courant. Combien d'espace il y avait entre l'eau et l'arc, il ne pouvait pas dire, ni quelle était la profondeur de la première. Il n'y avait qu'une seule façon pour lui de connaître ces choses, et c'était de se laisser descendre dans le courant. Il hésita à peine, pesant le pour et le contre. Derrière lui se trouvait presque certainement la terrible destinée d'An-Tak ; devant lui, rien de pire qu'une mort relativement indolore par noyade. Tenant son sac au-dessus de sa tête d'une main, il abaissa lentement ses pieds par-dessus le bord de la plateforme étroite. Presque immédiatement, il sentit l'eau froide tourbillonner autour de ses chevilles, et puis, avec une prière silencieuse, il se laissa doucement tomber dans le courant.

La grande angoisse de Bradley s'atténua lorsqu'il découvrit que l'eau ne lui arrivait qu'à la taille et que sous ses pieds se trouvait un fond ferme de gravier. Tâtonnant avec prudence, il descendit avec le courant, qui n'était pas aussi fort qu'il l'avait imaginé d'après le bruit de l'eau qui coulait.

Sous la première arche, il poursuivit son chemin en suivant les courbes sinueuses du mur de droite. Après quelques mètres de progression, sa main entra soudainement en contact avec une chose visqueuse accrochée au mur, une chose qui siffla et se précipita hors de sa portée. Ce qu'elle était, l'homme ne pouvait pas le savoir, mais presque instantanément, il y eut un éclaboussement dans l'eau juste devant lui, puis un autre.

Il continua, passant sous d'autres arches à des distances variables, et toujours dans l'obscurité totale. Les habitants invisibles de cet égout, perturbés par l'intrus, plongeaient dans l'eau devant lui et s'éloignaient en ondulant. À maintes reprises, sa main les toucha et jamais, même un instant, ne put-il être sûr que, à la prochaine étape, une chose sinistre ne l'attaque. Il avait attaché son sac autour de son cou, bien au-dessus de la surface de l'eau, et dans sa main gauche, il tenait son couteau. Il n'y avait aucune autre précaution à prendre.

La monotonie du sentier aveugle fut accentuée par le fait qu'à partir du moment où il avait commencé à descendre l'échelle, il avait compté chacun de ses pas. Il avait promis de revenir pour An-Tak si cela s'avérait humainement possible, et il savait que dans l'obscurité du tunnel, il ne pouvait pas localiser le pied de l'échelle autrement.

Il avait fait deux cent soixante-neuf pas. Par la suite, il savait qu'il n'oublierait jamais ce nombre, lorsqu'une chose heurta doucement son dos. Immédiatement, il fit volte-face et, le couteau prêt à se défendre, tendit la main droite pour repousser l'objet qui s'était maintenant coincé contre son corps. Ses doigts, errant dans l'obscurité, entrèrent en contact avec quelque chose de froid et de visqueux ; ils passèrent de long en large sur l'objet jusqu'à ce que Bradley sache que c'était le visage d'un homme mort flottant à la surface du courant. Avec un juron, il repoussa son sinistre compagnon au milieu du courant, pour qu'il flotte en aval vers le grand bassin et les charognards qui l'attendaient dans les profondeurs.

À son quatre cent treizième pas, un autre cadavre heurta son corps. Combien étaient passés à côté de lui sans le toucher, il ne pouvait que le deviner ; mais soudain, il ressentit l'impression d'être entouré de visages morts flottant avec lui, tous figés dans des grimaces hideuses, leurs yeux morts fixés sur cet étranger profanateur qui osait s'aventurer dans les eaux de cette rivière des morts, une escorte horrible, pleine de sinistres présages et de menaces.

Bien qu'il avance très lentement, il essayait toujours de faire des pas d'environ la même longueur ; il savait donc que bien que beaucoup de temps se soit écoulé, il n'avait réellement avancé que d'environ quatre cents mètres quand il vit, devant lui, une atténuation de l'obscurité profonde, et au virage suivant du courant, ses environs devinrent vaguement discernables. Au-dessus de lui se trouvait un toit en arc et de chaque côté, des murs percés à intervalles réguliers de ouvertures couvertes de portes en bois. Juste devant lui, dans le toit de l'aqueduc, se trouvait un trou rond et noir d'environ trente centimètres de diamètre. Ses yeux étaient toujours fixés sur l'ouverture lorsque du trou descendit dans l'eau ci-dessous le corps nu d'un être humain qui presque immédiatement remonta à la surface et flotta plus bas le long du courant. Dans la pénombre, Bradley vit que c'était un Wieroo mort dont les ailes et la tête avaient été enlevées. Un moment plus tard, un autre corps sans tête passa devant lui, rappelant ce qu'An-Tak lui avait dit des coutumes de collecte de crânes des Wieroos. Bradley se demanda comment il se faisait que le premier cadavre qu'il avait rencontré dans le courant n'avait pas été mutilé de la même manière.

À mesure qu'il avançait, la lumière devenait plus vive. Le nombre de cadavres était beaucoup plus faible qu'il ne l'avait imaginé, seuls deux autres passant devant lui avant d'atteindre, à six cents pas, soit environ cinq cents mètres du point où il était entré dans le courant, la fin du tunnel, et de regarder l'eau éclairée par le soleil, s'écoulant entre des rives herbeuses.

L'un des derniers cadavres à le croiser était toujours vêtu de la robe blanche d'un Wieroo, tachée de sang sur le cou tranché qu'elle cachait.

Se rapprochant de l'ouverture menant à la lumière du jour, Bradley observa ce qui se trouvait au-delà. À une courte distance devant lui, un grand bâtiment se dressait au centre de plusieurs hectares de terrain herbeux et boisé, enjambant le ruisseau qui disparaissait à travers une ouverture dans le mur de sa fondation. De par le toit en forme de soucoupe et les colorations vives des diverses parties hétérogènes de la structure, il le reconnut comme le temple par lequel il avait été emmené jusqu'au Blue Place of Seven Skulls.

Des Wieroos volaient de-ci de-là, se rendant au temple et en revenant. D'autres traversaient à pied le terrain découvert, se propulsant avec leurs grandes ailes de telle sorte qu'ils frôlaient à peine la terre. Quitter l'embouchure du tunnel aurait été s'exposer instantanément à la découverte et à la capture ; mais Bradley ne pouvait pas deviner par quel autre moyen il pourrait s'échapper, à moins de revenir sur ses pas en remontant le courant et de chercher une issue à l'autre extrémité de la ville. L'idée de traverser ce tunnel sombre et hanté par l'horreur sur peut-être des kilomètres, il ne pouvait pas l'envisager - il devait y avoir un autre moyen. Peut-être après la tombée de la nuit, il pourrait se faufiler à travers le terrain du temple et continuer en aval jusqu'à ce qu'il ait dépassé la ville ; et ainsi, il attendit jusqu'à ce que ses membres soient presque paralysés par le froid, et il savait qu'il devait trouver un autre plan pour échapper.

Une décision à moitié prise de risquer une tentative de nage sous l'eau jusqu'au temple se cristallisait malgré le fait que tout Wieroo volant au-dessus du ruisseau pourrait facilement le voir, quand de nouveau un objet flottant heurta sa jambe par-derrière et se logea sur son dos. Se retournant rapidement, il vit que la chose était ce qu'il avait immédiatement deviné : un cadavre de Wieroo sans tête ni ailes. Avec un grognement de dégoût, il s'apprêtait à le repousser, quand le vêtement blanc l'enveloppant suggéra un plan audacieux à son esprit ingénieux. Saisissant le cadavre par un bras, il déchira le vêtement qui l'entourait, puis laissa le corps flotter vers le bas en direction du temple. Avec le plus grand soin, il drapa la robe autour de lui ; la tache de sang qui recouvrait le cou tranché, il la plaça autour de sa propre tête. Son sac, il le roula aussi étroitement que possible et le fourra sous sa veste sur sa poitrine. Puis il tomba doucement à la surface du ruisseau et, allongé sur le dos, flotta vers le bas avec le courant et sortit au grand jour.

À travers la trame du tissu, il pouvait distinguer de gros objets. Il vit un Wieroo battre tristement des ailes au-dessus de lui ; il vit les rives du ruisseau flotter lentement devant lui ; il entendit un cri soudain sur la rive droite, et son cœur s'arrêta de peur que sa ruse ait été découverte ; mais jamais il ne laissa transparaître, par un mouvement de muscle, qu'autre chose qu'un glaçon flottait là sur le sein de l'eau, et bientôt, bien que cela lui semblât une éternité, la lumière directe du soleil fut occultée, et il sut qu'il était entré sous le temple.

Rapidement, il chercha le fond avec ses pieds et se redressa, arrachant précipitamment le linceul sanglant et poisseux de son visage. Sur les deux côtés, il y avait des murs nus et devant lui, la rivière tournait brusquement un angle et disparaissait. En tâtant prudemment le sol, il s'approcha du virage et regarda autour du coin. À sa gauche, il y avait une petite plate-forme d'environ trente centimètres au-dessus du niveau de la rivière, et il ne perdit pas de temps à grimper dessus, car il était trempé de la tête aux pieds, froid et presque épuisé.

Allongé sur l'étagère pavée de crânes, il vit au centre de la voûte au-dessus de la rivière un autre de ces sinistres trous ronds, à travers lesquels il s'attendait momentanément à voir un cadavre sans tête tomber en dernier dans une fosse aquatique. Quelques pieds le long de la plate-forme, une porte fermée rompait la nudité du mur. Alors qu'il regardait et se demandait ce qui se cachait derrière, son esprit était rempli de fragments de nombreux scénarios sauvages d'évasion, elle s'ouvrit et un Wieroo en robe blanche apparut sur la plate-forme. La créature portait un grand bassin de bois rempli de débris. Ses yeux n'étaient pas sur Bradley, qui se mit en position accroupie et se pelotonna aussi loin que possible dans le coin de la niche dans laquelle la plate-forme était encastrée. Le Wieroo se dirigea vers le bord de la plate-forme et vida les ordures dans la rivière. Si en revenant vers la porte, il se détournait de Bradley, il y avait une petite chance qu'il ne le voie pas ; mais si c'était dans sa direction, il n'y en avait aucune. Bradley retenait son souffle.

Le Wieroo s'arrêta un instant, regardant dans l'eau, puis il se redressa et se tourna vers l'Anglais. Bradley ne bougea pas. La créature s'approcha de lui avec interrogation. Bradley resta immobile comme une statue. La créature était directement en face de lui. Elle s'arrêta. Il n'y avait aucune chance qu'elle ne découvre pas ce qu'il était.

Avec la rapidité d'un chat, Bradley se leva et frappa le Wieroo sur le menton. Sans un bruit, la créature s'effondra sur la plate-forme, tandis que Bradley, agissant presque instinctivement sous l'impulsion de la première loi de la nature, fit rouler le corps inanimé par-dessus le rebord dans la rivière.

Il contempla ensuite l'embrasure de la porte, traversa la plate-forme et jeta un coup d'œil à l'appartement suivant. Il y découvrit une grande salle faiblement éclairée, et sur les côtés s'alignaient des cuves en bois empilées les unes sur les autres. Il n'y avait pas de Wieroo en vue, alors l'Anglais entra. À l'autre bout de la pièce, il y avait une autre porte, et tandis qu'il traversait la pièce, il jeta un coup d'œil dans certaines des cuves, qu'il trouva remplies de fruits secs, de légumes et de poissons. Sans plus tarder, il remplit ses poches et son havresac, pensant au pauvre être qui attendait son retour dans l'obscurité du lieu des sept crânes.

Quand la nuit tomberait, il reviendrait et amènerait An-Tak au moins aussi loin ; mais d'ici là, il avait l'intention de faire une reconnaissance pour espérer découvrir un moyen plus facile de sortir de la ville que celui offert par le canal froid et sombre du macabre fleuve de cadavres.

Au-delà de la porte plus éloignée s'étendait un long couloir depuis lequel des portes fermées menaient à d'autres parties des caves du temple. À quelques mètres de la réserve, une échelle s'élevait depuis le couloir par une ouverture dans le plafond. Bradley s'arrêta au pied de l'échelle, hésitant sur la sagesse de poursuivre l'exploration ou de retourner vers la rivière. Cependant, il était fortement animé par l'esprit d'exploration qui a poussé sa race aux quatre coins du monde. Quels nouveaux mystères se cachaient dans les chambres au-dessus ? Il avait très envie de le savoir, bien que son bon sens lui dise que le chemin le plus sûr était de battre en retraite. Il resta ainsi, passant sa main dans ses cheveux pendant un moment, puis il jeta sa prudence aux vents et commença à monter.

Conformément à l'architecture wieroo telle qu'il l'avait déjà observée, le puits par lequel l'échelle s'élevait s'inclina continuellement par rapport à la verticale. À des intervalles plus ou moins réguliers, il était percé d'ouvertures fermées par des portes, aucune desquelles il ne pouvait ouvrir avant d'avoir grimpé d'environ cinquante pieds depuis le niveau de la rivière. C'est là qu'il découvrit une porte déjà entrouverte, donnant accès à une grande chambre circulaire, aux murs et aux sols recouverts de peaux de bêtes sauvages et de tapis aux couleurs variées. Cependant, ce qui l'intéressait le plus était les occupants de la pièce : un Wieroo et une fille de proportions humaines. Elle se tenait dos à un pilier s'élevant du centre de la pièce, du sol au plafond, un pilier creux d'environ quarante pouces de diamètre, à l'intérieur duquel il pouvait apercevoir une ouverture d'environ trente pouces de large. Le côté de la fille était tourné vers Bradley, et son visage était détourné, car elle observait le Wieroo qui s'approchait lentement d'elle, en parlant tout du long.

Bradley pouvait distinctement entendre les paroles de la créature, qui exhortait la fille à le suivre jusqu'à une autre ville wieroo. "Viens avec moi", dit-il, "et tu auras la vie sauve ; reste ici et Celui qui Parle pour Luata te réclamera pour lui-même ; et quand il en aura fini avec toi, ton crâne blanchira au sommet d'une grande hampe tandis que ton corps nourrira les reptiles à l'embouchure de la Rivière de la Mort. Même si tu donnes naissance à un wieroo femelle, ton destin sera le même si tu ne lui échappes pas, tandis qu'avec moi, tu auras la vie, de la nourriture, et personne ne te fera de mal."

Il était tout près de la fille quand elle lui répliqua en le frappant de toutes ses forces au visage. "Tant que je ne serai pas tuée", cria-t-elle, "je me battrai contre vous tous." De la gorge du Wieroo surgit ce cri lugubre que Bradley avait si souvent entendu par le passé, c'était comme un cri de douleur étouffé en un gémissement, puis la chose se jeta sur la fille, son visage se contorsionnant en des grimaces hideuses tandis qu'elle la griffait et la battait pour la contraindre à se coucher.

L'Anglais s'apprêtait à entrer pour la défendre quand une porte de l'autre côté de la chambre s'ouvrit pour laisser entrer un énorme Wieroo vêtu entièrement de rouge. À la vue des deux qui luttaient sur le sol, le nouvel arrivant poussa un cri de rage. Immédiatement, le Wieroo qui attaquait la fille se releva et fit face à l'autre.

"J'ai entendu", cria celui qui venait d'entrer dans la pièce. "J'ai entendu, et quand Celui qui Parle pour Luata aura entendu..." Il s'interrompit et fit un geste suggestif du doigt à travers sa gorge.

"Il n'entendra pas", répliqua le premier Wieroo tout en se lançant sur la silhouette en robe rouge d'un puissant mouvement de ses grandes ailes. Ce dernier évita la première charge, sortit une lame incurvée au tranchant menaçant de sous sa robe rouge, déploya ses ailes et plongea vers son adversaire. Battant des ailes, gémissant et grognant, les deux créatures hideuses se mirent en position pour combattre. Celui en robe blanche, désarmé, cherchait à saisir l'autre par le poignet de sa main portant le couteau et par la gorge, tandis que l'autre bondissait sur ses pieds blancs et délicats, cherchant une ouverture pour un coup mortel. Une fois, il frappa et manqua, puis l'autre se précipita pour saisir l'ouverture, tout en obtenant les prises recherchées. Immédiatement, les deux se mirent à se battre en se frappant mutuellement à la tête avec les articulations de leurs ailes, à donner des coups de pied avec leurs pieds mous et chétifs, et à mordre, chacun à la face de l'autre.

Pendant ce temps, la jeune fille se déplaçait dans la pièce, restant à l'écart des duellistes, et tandis qu'elle le faisait, Bradley aperçut son visage en entier et la reconnut immédiatement comme la fille de l'endroit de la porte jaune. Il n'osa pas intervenir maintenant, tant qu'un des Wieroo n'avait pas vaincu l'autre, de peur que les deux ne se retournent contre lui immédiatement, sachant que les chances étaient équitables qu'il serait battu dans un combat aussi inégal que la lame courbée du Wieroo en robe rouge le rendrait. Il attendit donc, observant la silhouette en robe blanche étrangler lentement la vie du porteur de la robe rouge. La langue pendante et les yeux exorbités proclamaient que la fin était proche, et un instant plus tard, la robe rouge s'effondra sur le sol de la pièce, la lame courbée glissant des doigts sans force. Pendant un instant de plus, le vainqueur s'accrocha à la gorge de son adversaire vaincu, puis il se leva, traînant le corps derrière lui, et s'approcha du pilier central. Là, il leva le corps et le poussa dans l'ouverture où Bradley le vit tomber brusquement hors de sa vue. Instantanément, il se souvint des ouvertures circulaires dans le toit du caveau de la rivière et des cadavres qu'il avait vu tomber de là dans l'eau en dessous.

Au fur et à mesure que le corps disparaissait, le Wieroo se retourna et scruta la pièce à la recherche de la fille. Il la contempla un instant. "Tu as vu", murmura-t-il, "et si tu leur dis, Celui qui Parle pour Luata me fera couper les ailes alors que je suis encore en vie, ma tête sera tranchée et je serai jeté dans la Rivière de la Mort, car c'est ainsi que cela arrive même aux plus hauts, qui tuent l'un des porteurs de la robe rouge. Tu as vu, et tu dois mourir !" termina-t-il en poussant un cri tout en se précipitant sur la fille.

Bradley n'attendit pas plus longtemps. Il se précipita dans la pièce et courut vers le Wieroo, qui avait déjà saisi la fille, et en courant, il se pencha pour ramasser la lame courbée. Le dos de la créature lui tournait alors que, de sa main gauche, il la saisit par le cou. Comme un éclair, les grandes ailes battirent en arrière lorsque la créature se retourna, et Bradley fut projeté au sol, bien qu'il conservât toujours sa prise sur la lame. Instantanément, le Wieroo était sur lui. Bradley était légèrement surélevé sur son coude gauche, son bras droit libre, et au fur et à mesure que la créature s'approchait, il frappa le visage hideux de toute la force qui était en lui. La lame frappa à la jonction du cou et du torse avec une telle force qu'elle décapita complètement le Wieroo, la tête hideuse tombant au sol et le corps s'effondrant sur l'Anglais. Le repoussant, il se leva et fit face à la fille aux yeux écarquillés.

"Luata !" s'exclama-t-elle. "Comment es-tu arrivé ici ?"

Bradley haussa les épaules. "Me voilà", dit-il, "mais maintenant, il faut sortir d'ici, tous les deux."

La jeune fille secoua la tête. "Ce n'est pas possible", déclara-t-elle tristement.

"C'est ce que je pensais quand ils m'ont jeté dans l'Endroit Bleu des Sept Crânes", répliqua Bradley. "Impossible. Je l'ai fait. — Hé ! Tu abîmes vraiment le sol, tu." Cela s'adressait au Wieroo mort alors qu'il se baissa pour traîner le cadavre vers l'arbre central, où il le souleva vers l'ouverture et le laissa glisser dans le tube. Puis il ramassa la tête et la lança après le corps.

"Ne sois pas si morose", admonesta-t-il le mort alors qu'il le portait vers le puits. "Souris !"

"Mais comment peut-il sourire ?" s'interrogea la jeune fille, un air à moitié perplexe et à moitié effrayé sur son visage. "Il est mort."

"C'est vrai", admit Bradley, "et je suppose qu'il doit se sentir un peu décapité à ce sujet."

La jeune fille secoua la tête et s'éloigna de l'homme, se dirigeant vers la porte.

"Viens !" dit l'Anglais. "Nous devons sortir d'ici. Si tu ne connais pas un meilleur moyen que la rivière, alors ce sera la rivière."

La fille le regardait toujours de travers. "Mais comment pourrait-il sourire s'il était mort ?"

Bradley éclata de rire. "On dit que nous, les Anglais, avons le moins de sens de l'humour de tous les peuples du monde", s'exclama-t-il, "mais maintenant j'ai trouvé un être humain qui n'en a pas du tout. Bien sûr, tu ne comprends pas la moitié de ce que je dis, mais ne t'inquiète pas, ma petite ; je ne vais pas te faire de mal, et si je peux te faire sortir d'ici, je le ferai."

Même si elle ne comprenait pas tout ce qu'il disait, elle lisait au moins quelque chose dans son visage souriant, quelque chose qui la rassurait. "Je ne te crains pas", dit-elle, "bien que je ne comprenne pas tout ce que tu dis même si tu parles ma langue et utilises des mots que je connais. Mais en ce qui concerne l'évasion" —elle soupira—"hélas, comment est-ce possible ?"

"J'ai échappé de l'Endroit Bleu des Sept Crânes", lui rappela Bradley. "Viens !" Et il se tourna vers le puits et l'échelle par laquelle il était monté depuis la rivière. "Nous ne pouvons pas perdre de temps ici."

La fille le suivit, mais à l'entrée, tous deux reculèrent, car on entendait quelqu'un monter depuis le bas.

Bradley s'approcha de la porte sur la pointe des pieds et jeta un regard prudent dans le puits ; puis il se plaça à côté de la jeune fille. "Il y en a une demi-douzaine qui montent, mais peut-être passeront-ils devant cette pièce."

"Non", dit-elle, "ils passeront directement par cette pièce, ils se dirigent vers Celui qui Parle pour Luata. Nous pourrions peut-être nous cacher dans la pièce suivante, il y a des peaux sous lesquelles nous pourrions nous glisser. Ils ne s'arrêteront pas dans cette pièce, mais ils pourraient s'arrêter dans celle-ci pendant un court moment — l'autre pièce est bleue."

"Qu'est-ce que cela change ?" demanda l'Anglais.

"Ils craignent le bleu", répondit-elle. "Dans chaque pièce où un meurtre a été commis, tu trouveras du bleu — une certaine quantité pour chaque meurtre. Quand la pièce est toute en bleu, ils la fuient. Cette pièce a beaucoup de bleu, mais apparemment, ils tuent principalement dans la pièce suivante, qui est maintenant toute en bleu."

"Mais il y a du bleu à l'extérieur de chaque maison que j'ai vue", dit Bradley.

"Oui", acquiesça la jeune fille, "et il y a des pièces bleues dans chacune de ces maisons — lorsque toutes les pièces sont bleues, alors l'extérieur de la maison entière sera bleu, comme l'Endroit Bleu des Sept Crânes. Il y en a beaucoup ici."

"Et les crânes avec du bleu dessus ?" demanda Bradley. "Appartenaient-ils à des meurtriers ?"

"Ils ont été assassinés — certains d'entre eux ; ceux avec seulement une petite quantité de bleu étaient des meurtriers — des meurtriers connus. Tous les Wieroos sont des meurtriers. Lorsqu'ils ont commis un certain nombre de meurtres sans être pris, ils confessent devant Celui qui Parle pour Luata et sont promus, après quoi ils portent des robes avec une bande de couleur — je pense que le jaune vient en premier. Lorsqu'ils atteignent un stade où toute la robe est jaune, ils la laissent tomber pour une robe blanche avec une bande rouge ; et lorsqu'on gagne une robe rouge complète, on porte un couteau courbé comme celui que tu as dans la main ; après cela vient la bande bleue sur une robe blanche, et ensuite, je suppose, une robe entièrement bleue. Je n'en ai jamais vu une."

Ils avaient parlé à voix basse tout en se déplaçant de la pièce du puits de la mort dans une pièce entièrement bleue adjacente, où ils s'étaient assis ensemble dans un coin, le dos contre un mur, et avaient tiré une pile de peaux sur eux. Un moment plus tard, ils entendirent un groupe de Wieroos entrer dans la chambre. Ils parlaient entre eux en traversant la pièce, sinon les deux ne les auraient pas entendus. À mi-chemin de la chambre, ils s'arrêtèrent lorsque la porte vers laquelle ils avançaient s'ouvrit et une douzaine d'autres de leur espèce entrèrent dans la pièce.

Bradley pouvait deviner tout cela par l'augmentation du volume sonore et les salutations lugubres ; mais le silence soudain qui s'ensuivit presque immédiatement lui était incompréhensible, car il ne pouvait pas savoir qu'une de ses lourdes chaussures militaires dépassait de sous l'une des peaux qui le recouvraient, ou que quelque dix-huit Wieroos de grande taille vêtue de robes rouges unies ou avec des bandes rouges ou bleues se tenaient en train de la regarder. Il ne pouvait pas non plus entendre leur approche furtive.

La première indication qu'il avait été découvert fut lorsque son pied fut soudainement saisi, et il fut violemment tiré de dessous les peaux pour se retrouver entouré de lames menaçantes. Ils l'auraient tué sur place si l'un vêtu tout en rouge ne les avait pas retenus, déclarant que Celui qui Parle pour Luata désirait voir cette étrange créature.

Alors qu'ils emmenaient Bradley, il saisit l'occasion de jeter un coup d'œil en arrière vers les peaux pour voir ce qu'il était advenu de la jeune fille, et, à sa grande satisfaction, il découvrit qu'elle se trouvait toujours cachée sous les peaux. Il se demandait si elle aurait le courage de tenter le voyage sur la rivière seule et regrettait de ne pas pouvoir l'accompagner. Il se sentait plutôt découragé lui-même, plus que jamais depuis sa capture par les Wieroo, car il n'y avait absolument aucune raison d'espérer dans sa situation actuelle. Il avait laissé tomber la lame courbée sous les peaux quand il avait été violemment tiré de leur sécurité illusoire. C'était presque dans un esprit de résignation désespérée qu'il suivait tranquillement ses ravisseurs à travers diverses chambres et couloirs en direction du cœur du temple.

CHAPITRE IV

Plus le groupe avançait, plus les décorations devenaient barbares et sompteueses. Les peaux de léopard et de tigre prédominaient, apparemment en raison de leurs marques plus belles, et les crânes décoratifs devenaient de plus en plus nombreux. Beaucoup d'entre eux étaient montés en métaux précieux et sertis de pierres colorées et de gemmes inestimables, tandis que de nombreuses parures d'or recouvraient les peaux qui tapissaient les murs, semblables à celles portées par la jeune femme et à celles qui avaient rempli les coffres qu'il avait examinés dans la réserve de Fosh-bal-soj. Cela confortait l'Anglais dans la conviction que tous ces objets étaient des dépouilles de guerre ou de vols, car chaque pièce semblait conçue pour l'ornement personnel, alors que, pour autant qu'il ait pu voir, aucun Wieroo ne portait de parures de quelque nature que ce soit.

Et à mesure qu'ils avançaient, les Wieroo devenaient de plus en plus nombreux, se déplaçant çà et là à l'intérieur du temple. Maintenant, nombreux étaient les Wieroo portant des robes rouges solides, ainsi que celles qui étaient ornées de bleu, formant ainsi un véritable essaim de meurtriers.

Finalement, le groupe s'arrêta dans une pièce où de nombreux Wieroo se rassemblèrent autour de Bradley, interrogeant ses ravisseurs et l'examinant lui et ses vêtements. L'un des membres de l'escorte accompagnant l'Anglais parla à un Wieroo qui se tenait à côté d'une porte menant hors de la pièce. "Dis à Celui qui Parle pour Luata", dit-il, "que nous n'avons pas pu trouver Fosh-bal-soj, mais qu'en revenant, nous avons trouvé cette créature à l'intérieur du temple, en train de se cacher. Il doit s'agir de celui que Fosh-bal-soj a capturé dans le pays Sto-lu lors de la dernière obscurité. Sans aucun doute, Celui qui Parle pour Luata souhaiterait voir et interroger cette étrange créature."

La créature interpellée se tourna et s'éclipsa à travers la porte, la refermant derrière elle, mais déposant d'abord sa lame courbée sur le sol. Elle fut immédiatement remplacée par une autre, et Bradley put voir qu'au moins vingt de ces gardiens se tenaient à proximité immédiate. Le gardien de la porte était parti, mais seulement pour un court instant, et lorsqu'il revint, il fit signe au groupe de Bradley d'entrer dans la pièce suivante, mais d'abord, chacun des Wieroo retira son arme courbée et la déposa sur le sol. La porte s'ouvrit, et le groupe, maintenant réduit à Bradley et cinq Wieroo, fut conduit à travers le seuil dans une grande pièce de forme irrégulière où un seul et gigantesque Wieroo, vêtu d'une robe bleue solide, était assis sur une estrade surélevée.

Le visage de la créature était blanc comme celui d'un cadavre, ses yeux morts, complètement dénués d'expression, ses lèvres minces et cruelles serrées contre des dents jaunes dans une grimace perpétuelle. De chaque côté de lui reposaient d'énormes épées courbées, similaires à celles dont certains des autres Wieroo étaient armés, mais plus grandes et plus lourdes. Sans cesse, ses doigts semblables à des griffes jouaient avec l'une ou l'autre de ces armes.

Les murs de la chambre ainsi que le sol étaient entièrement dissimulés par des peaux et des tissus tissés. Le bleu prédominait dans toutes les colorations. Contre les peaux étaient fixées de nombreuses paires d'ailes de Wieroo, montées de manière à ressembler à de longs boucliers noirs. Sur le plafond étaient peints en caractères bleus une série déconcertante de hiéroglyphes, et sur des socles posés contre les murs ou se tenant bien à l'intérieur de la pièce se trouvaient de nombreux crânes humains.

Alors que les Wieroo approchaient de la figure sur l'estrade, ils se penchaient très en avant, élevant leurs ailes au-dessus de leurs têtes et étirant leurs cous comme s'ils les offraient aux lames aiguisées de la créature sinistre et hideuse.

"Ô Toi Qui Parles pour Luata !" s'écria l'un des membres de l'escorte. "Nous t'apportons la créature étrange que Fosh-bal-soj a capturée et amenée ici sur ton ordre."

Alors, c'était donc cette figure divine qui parlait au nom de la divinité ! Cet archi-meurtrier était le représentant caspakien de Dieu sur Terre ! Sa robe bleue l'identifiait comme tel, tout comme l'humilité apparente de ses acolytes. Pendant une longue minute, il fixa Bradley. Puis il commença à l'interroger - d'où il venait et comment, le nom et la description de son pays d'origine, et une centaine d'autres questions.

"Êtes-vous cos-ata-lu ?" demanda la créature.

Bradley répondit qu'il l'était, tout comme tous les siens, ainsi que chaque être vivant dans sa partie du monde.

"Pouvez-vous me dire le secret ?" demanda la créature.

Bradley hésita puis, pensant gagner du temps, répondit par l'affirmative.

"Quel est-il ?" exigea le Wieroo, se penchant très en avant et montrant tous les signes d'un vif intérêt.

Bradley se pencha en avant et murmura : "C'est pour tes oreilles seulement ; je ne le révélerai à personne d'autre, et seulement à condition que tu me ramènes, ainsi que la fille que j'ai vue à l'endroit de la porte jaune, près de celle de Fosh-bal-soj, dans son propre pays."

La créature se leva en colère, tenant l'une de ses épées au-dessus de sa tête.

"Qui es-tu pour dicter des conditions à Celui qui Parle pour Luata ?" s'écria-t-il. "Dis-moi le secret ou meurs sur place !"

"Et si je meurs maintenant, le secret meurt avec moi", lui rappela Bradley. "Plus jamais tu n'auras l'occasion d'interroger un autre de mon espèce qui connaît le secret." Tout pour gagner du temps, pour faire sortir le reste des Wieroo de la pièce, afin de pouvoir élaborer un plan d'évasion et le mettre en œuvre.

La créature se tourna vers le chef du groupe qui avait amené Bradley.

"L'homme a-t-il des armes ?" demanda-t-il.

"Non", fut la réponse.

"Alors va, mais dis à la garde de rester à proximité", ordonna le grand prêtre.

Les Wieroo s'inclinèrent et se retirèrent, refermant la porte derrière eux. Celui qui Parle pour Luata saisit une épée nerveusement dans sa main droite. La seconde arme était à sa gauche. Il était évident qu'il vivait dans une peur constante d'être assassiné. Le fait qu'il ne permettait à personne d'être armé en sa présence et qu'il gardait toujours deux épées à ses côtés en était la preuve.

Bradley se creusait la tête pour trouver une suggestion de plan qui lui permettrait de retourner la situation à son avantage. Ses yeux erraient devant la figure étrange devant lui ; ils parcouraient les murs de la pièce comme s'ils espéraient tirer de l'inspiration des crânes morts, des peaux et des ailes, puis ils revenaient au visage du dieu Wieroo, maintenant empli de colère.

"Vite !" hurla la créature. "Le secret !"

"Accepteras-tu de nous accorder, à moi et à la fille, notre liberté ?" insista Bradley.

Pendant un instant, la créature hésita, puis elle marmonna "Oui." En même temps, Bradley vit deux peaux sur le mur, directement derrière l'estrade, s'écarter, et un visage apparaître dans l'ouverture. Aucun changement d'expression sur le visage de l'Anglais ne trahit le fait qu'il avait vu quelque chose qui aurait pu le surprendre, bien qu'il en fût effectivement surpris, car le visage dans l'ouverture était celui de la fille qu'il venait de laisser cacher sous les peaux dans une autre chambre. Un bras blanc et bien formé poussa alors le visage dans la pièce, et dans la main, étroitement serrée, se trouvait la lame courbée, maculée de sang, que Bradley avait laissée tomber sous les peaux au moment où il avait été découvert et tiré de sa cachette.

"Écoute, alors", dit Bradley à voix basse au Wieroo. "Tu connaîtras le secret du cos-ata-lu autant que moi, mais personne d'autre ne doit l'entendre. Penche-toi - je vais te le murmurer à l'oreille."

Il s'avança et monta sur l'estrade. La créature leva son épée, prête à frapper à la moindre indication de trahison, et Bradley se baissa sous la lame et rapprocha son oreille du visage sinistre. En même temps, il appuya son poids sur ses mains, l'une de chaque côté du corps du Wieroo, sa main droite sur la poignée de l'épée de rechange qui se trouvait à gauche de Celui qui Parle pour Luata.

"Voici donc le secret de la vie et de la mort", murmura-t-il, et en même temps, il saisit le poignet droit du Wieroo et, de sa propre main droite, fit tournoyer la lame supplémentaire dans un coup vicieux soudain contre le cou de la créature, avant même que cette dernière puisse donner un seul cri d'alarme ; puis, sans attendre un instant, Bradley sauta par-dessus le dieu mort et disparut derrière les peaux qui avaient caché la fille.

La fille, les yeux écarquillés et haletante, saisit son bras. "Oh, que viens-tu de faire ?" s'écria-t-elle. "Celui qui Parle pour Luata sera vengé par Luata. Maintenant, tu dois vraiment mourir. Il n'y a pas d'échappatoire, car même si nous atteignions mon propre pays, Luata pourrait te retrouver."

"N'importe quoi !" s'exclama Bradley, puis : "Mais tu avais l'intention de le poignarder toi-même."

"Alors, j'aurais dû mourir seule", répondit-elle.

Bradley se gratta la tête. "Aucun de nous deux ne va mourir", dit-il ; "du moins, pas aux mains d'un dieu. Si nous ne sortons pas d'ici, nous allons mourir, c'est certain. Peux-tu retrouver ton chemin jusqu'à la pièce où je t'ai trouvée pour la première fois dans le temple ?"

"Je connais le chemin", répondit la jeune fille, "mais je doute que nous puissions revenir sans être vus. Je suis venue ici parce que je n'ai rencontré que des Wieroo qui savaient que je suis censée être maintenant dans le temple ; mais tu pourrais aller ailleurs sans être découvert."

L'ingéniosité de Bradley s'était heurtée à un mur de pierre. Il semblait impossible de s'échapper. Il regarda autour de lui. Ils se trouvaient dans une petite pièce où gisait un tas de débris - des morceaux de tissu déchiré, de vieilles peaux, des morceaux de corde de fibres. Au centre de la pièce se trouvait un puits cylindrique avec une ouverture dans sa face. Bradley le reconnut pour ce qu'il était. C'est ici que l'archidémons traînait ses victimes et jetait leurs corps dans la rivière de la mort bien en dessous. Le sol autour de l'ouverture du puits et les parois du puits étaient couverts d'une substance brune et sèche, séchée, que l'Anglais savait avoir été autrefois du sang. L'endroit avait l'apparence d'un véritable abattoir. Une odeur de chair en décomposition imprégnait l'air.

L'Anglais traversa la pièce et regarda dans l'ouverture du puits. Tout en bas, tout était noir comme de l'encre, mais au fond, il savait qu'il y avait la rivière. Soudain, une inspiration et un plan audacieux jaillirent dans son esprit. Se retournant rapidement, il fouilla la pièce jusqu'à ce qu'il trouve ce qu'il cherchait - une quantité de cordes qui gisaient ici et là. Avec des doigts rapides, il démêla les différentes longueurs, la jeune fille l'aidant, et puis il lia les extrémités ensemble jusqu'à obtenir trois cordes d'environ vingt-cinq mètres de long. Il les attacha ensemble à chaque extrémité et sans un mot, fixa une des extrémités autour du corps de la fille sous ses bras.

"Ne sois pas effrayée", dit-il finalement, alors qu'il la conduisait vers l'ouverture du puits. "Je vais te descendre jusqu'à la rivière, et ensuite je descendrai après toi. Lorsque tu seras en sécurité en bas, tire deux coups secs sur la corde. S'il y a un danger là-bas et que tu veux que je te remonte dans le puits, tire une fois. Ne sois pas effrayée, c'est le seul moyen."

"Je n'ai pas peur", répondit la jeune fille, d'un ton plutôt hautain, pensa Bradley, et elle-même grimpa à travers l'ouverture et se suspendit par les mains en attendant que Bradley la descende.

Aussi rapidement que le permettait la sécurité, l'homme déroula la corde. Lorsqu'elle était à moitié sortie, il entendit soudainement des cris et des lamentations retentir à l'intérieur de la pièce qu'ils venaient de quitter. Le meurtre de leur dieu avait été découvert par les Wieroo. Une recherche du meurtrier commencerait immédiatement.

Seigneur ! La jeune fille n'atteindrait-elle jamais la rivière ? Enfin, juste au moment où il était sûr que des chercheurs pénétraient déjà dans la pièce derrière lui, deux coups secs retentirent sur la corde. Immédiatement, Bradley fixa le reste des brins autour du puits, glissa dans le tube noir et commença une descente précipitée vers la rivière. Un instant plus tard, il se tenait jusqu'à la taille dans l'eau aux côtés de la jeune fille. Impulsivement, elle tendit la main vers lui et saisit son bras. Un étrange frisson le traversa au contact ; mais il coupa simplement la corde qui entourait son corps et la souleva sur la petite étagère au bord de la rivière.

"Comment pouvons-nous partir d'ici ?" demanda-t-elle.

"Par la rivière", répondit-il ; "mais d'abord je dois retourner au Lieu Bleu des Sept Crânes et chercher le pauvre diable que j'ai laissé là-bas. Je devrai attendre jusqu'à la nuit, cependant, car je ne peux pas traverser la portion découverte de la rivière dans les jardins du temple en plein jour."

"Il y a un autre moyen", dit la jeune fille. "Je ne l'ai jamais vu, mais j'ai souvent entendu parler de lui - un couloir qui longe la rivière d'un bout de la ville à l'autre. À travers les jardins, il est souterrain. Si nous pouvions en trouver l'entrée, nous pourrions partir immédiatement. Il n'est pas sûr de rester ici, car ils fouilleront chaque centimètre du temple et des jardins."

"Viens", dit Bradley. "Nous allons quand même le chercher." Et en disant cela, il s'approcha de l'une des portes qui s'ouvrait sur l'étagère pavée de crânes.

Ils trouvèrent le couloir facilement, car il longeait la rivière, séparé d'elle seulement par un mur. Il les emmena sous les jardins et la ville, toujours dans une obscurité profonde. Après être arrivés de l'autre côté des jardins, Bradley compta ses pas jusqu'à ce qu'il en eût refait autant que lorsqu'il était descendu le cours du fleuve. Bien qu'ils aient dû tâtonner tout au long du chemin, le voyage fut beaucoup plus rapide que le précédent.

Lorsqu'il pensa être à peu près en face du point où il était descendu du Lieu Bleu des Sept Crânes, il chercha et trouva une porte menant à la rivière ; puis, toujours dans la plus profonde obscurité, il descendit dans le courant et chercha de haut en bas sur le côté opposé l'étagère et l'échelle. À dix mètres de l'endroit où il était sorti, il les trouva, tandis que la jeune fille attendait de l'autre côté.

Rejoindre le panneau secret ne lui prit qu'une minute. Là, il s'arrêta et écouta de peur qu'un Wieroo ne visite la prison à sa recherche ou à la recherche de l'autre détenu ; mais aucun bruit ne venait de l'intérieur sombre. Bradley ne put s'empêcher de penser à la joie de l'homme de l'autre côté quand il descendrait vers lui avec de la nourriture et un nouvel espoir d'évasion. Puis il ouvrit le panneau et regarda dans la pièce. La faible lumière venant de la grille au-dessus révéla le tas de chiffons dans un coin ; mais l'homme gisait en dessous, il ne répondit pas au faible salut de Bradley.

L'Anglais descendit au sol de la pièce et s'approcha des chiffons. Se penchant, il en souleva un coin. Oui, l'homme dormait. Bradley le secoua, mais il n'y eut pas de réponse. Il se pencha plus bas et examina An-Tak à la faible lumière ; puis il se redressa en soupirant. Un rat bondit de dessous les couvertures et s'enfuit. "Pauvre diable !" murmura Bradley.

Il traversa la pièce pour se hisser sur la perche, en prévision de quitter le Lieu Bleu des Sept Crânes pour toujours. Sous la perche, il fit une pause. "Je ne leur donnerai pas la satisfaction", grogna-t-il. "Laissons-les croire qu'il s'est échappé."

Revenant vers le tas de chiffons, il rassembla l'homme dans ses bras. Il fut difficile de le soulever jusqu'à la haute perche et de le traîner à travers la petite ouverture et ainsi de descendre l'échelle, mais bientôt c'était fait, et Bradley avait baissé le corps dans la rivière et l'avait jeté au loin. "Adieu, vieux camarade !" murmura-t-il.

Un instant plus tard, il avait rejoint la jeune fille, et main dans la main, ils suivaient le corridor sombre en amont vers l'extrémité opposée de la ville. Elle lui expliqua que les Wieroo fréquentaient rarement ces passages inférieurs, car l'air y était trop froid pour eux ; mais de temps en temps, ils venaient, et comme ils pouvaient voir tout aussi bien la nuit que le jour, ils ne manqueraient pas de découvrir Bradley et la jeune fille.

"S'ils s'approchent suffisamment", dit-elle, "nous pouvons voir leurs yeux briller dans l'obscurité - ils ressemblent à des taches de lumière terne. Ils brillent, mais ne flamboient pas comme les yeux du tigre ou du lion."

L'homme ne put s'empêcher de remarquer la terreur très évidente avec laquelle elle mentionnait ces créatures. Pour lui, elles étaient inquiétantes, mais elle avait vécu avec elles pendant près d'un an, et probablement toute sa vie elle les avait vues ou en avait entendu parler constamment.

"Pourquoi les crains-tu autant ?" demanda-t-il. "Il semble que tu les redoutes plus que la simple crainte des dommages qu'ils pourraient te causer."

Elle essaya d'expliquer, mais la chose la plus proche qu'il put comprendre était qu'elle considérait les Wieroo comme des êtres presque surnaturels. "Il y a une légende parmi mon peuple qui dit que les Wieroo étaient autrefois semblables à nous, sauf qu'ils possédaient des ailes rudimentaires. Ils vivaient dans des villages dans le pays des Galu, et bien que les deux peuples se fissent souvent la guerre, ils n'éprouvaient pas de haine l'un envers l'autre. À cette époque, chaque race est partie de zéro, et il y avait une grande rivalité pour déterminer laquelle était plus avancée dans l'évolution. Les Wieroo ont développé le premier cos-ata-lu, mais ils étaient toujours des mâles - ils ne pouvaient jamais engendrer de femmes. Lentement, ils ont commencé à développer certaines caractéristiques de l'esprit qu'ils considéraient comme les plaçant sur un plan plus élevé et leur donnant de nombreux avantages sur nous. Voyant cela, ils ne pensaient qu'au développement mental - leurs esprits sont devenus comme des étoiles et les rivières, se déplaçant toujours de la même manière, ne variant jamais. Ils ont appelé cela le tas-ad, ce qui signifie faire tout dans le bon sens, ou, en d'autres termes, à la manière Wieroo. Si ennemi ou ami, bien ou mal, se dressait sur le chemin du tas-ad, il devait être écrasé.

"Bientôt les Galus et les races humaines moins avancées les ont haïs et craints. C'est à ce moment-là que les Wieroos ont décidé de propager le tas-ad partout dans le monde. Ils étaient très belliqueux et très nombreux, bien qu'ils aient depuis longtemps adopté la politique de tuer tous ceux d'entre eux dont les ailes ne montraient pas de développement avancé.

"Des âges ont été nécessaires pour que tout cela se produise - les changements sont venus très lentement. Mais enfin, les Wieroos avaient des ailes qu'ils pouvaient utiliser. Mais en raison de leur guerre constante contre leurs voisins, ils étaient haïs par toutes les créatures de Caspak, car personne ne voulait de leur tas-ad, et ils ont utilisé leurs ailes pour voler vers cette île lorsque les autres races se sont retournées contre eux et ont menacé de les tuer tous. Ils étaient devenus si cruels et si sanguinaires qu'ils n'avaient plus de cœur battant d'amour ou de sympathie ; mais leur cruauté même les empêchait de conquérir les autres races, car ils étaient aussi cruels et méchants les uns envers les autres, de sorte qu'aucun Wieroo ne faisait confiance à un autre.

"Ils tuaient toujours ceux qui étaient au-dessus d'eux pour monter en puissance et en possessions, jusqu'à ce qu'enfin vienne quelqu'un de plus puissant que les autres avec un tas-ad bien à lui. Il a rassemblé autour de lui quelques-uns des Wieroos les plus terribles, et parmi eux ils ont fait des lois qui ont privé tous les Wieroos sauf ces quelques-uns de toutes les armes qu'ils possédaient.

"Maintenant, leur tas-ad a atteint un haut niveau parmi eux. Ils fabriquent de nombreuses choses merveilleuses que nous ne pouvons pas fabriquer. Ils pensent sans doute à de grandes choses et rêvent encore de la grandeur à venir, mais leurs pensées et leurs actes sont régis par des siècles de coutume - ils sont tous les mêmes - et ils sont très malheureux."

Alors que la jeune fille parlait, les deux avançaient régulièrement le long du sombre couloir à côté de la rivière. Ils avaient parcouru une bonne distance lorsque le bruit sourd de l'eau en chute libre se fit entendre faiblement au loin, un bruit qui augmenta en volume à mesure qu'ils avançaient, jusqu'à remplir enfin le couloir d'un son assourdissant. Le couloir aboutit ensuite à un mur aveugle, mais dans une niche sur la droite se trouvait une échelle montant vers le haut, et sur la gauche se trouvait une porte s'ouvrant sur la rivière. Bradley essaya d'abord celle-ci, et en l'ouvrant, il sentit une lourde bruine sur son visage. La petite étagère à l'extérieur de la porte était mouillée et glissante, et le rugissement de l'eau était impressionnant. Il ne pouvait y avoir qu'une explication : ils avaient atteint une cascade dans la rivière, et si le couloir se terminait réellement ici, leur évasion était effectivement coupée, car il était évident qu'il était impossible de suivre le lit de la rivière et de monter les chutes.

L'échelle étant la seule alternative, les deux se tournèrent vers elle, et, l'homme en premier, commencèrent l'ascension, qui se faisait à travers un puits similaire à celui qui l'avait conduit aux étages supérieurs du temple. En montant, Bradley chercha des ouvertures dans les parois du puits, mais il n'en trouva aucune en dessous de cinquante pieds. La première qu'il trouva était entrouverte, laissant passer une faible lumière dans le puits. Alors qu'il s'arrêtait, la jeune fille monta à ses côtés, et ensemble, ils regardèrent à travers la fente dans une pièce au plafond bas où se trouvaient plusieurs femmes Galu et autant de hideuses répliques en miniature des Wieroos adultes avec lesquels Bradley n'était pas tout à fait familier.

Il pouvait sentir le corps de la jeune fille pressé contre le sien trembler lorsque ses yeux se posèrent sur les habitants de la pièce, et involontairement son bras entoura ses épaules, comme pour la protéger d'un danger qu'il sentait sans le reconnaître.

"Pauvres choses", chuchota-t-elle. "C'est leur horrible destinée - d'être emprisonnés ici sous la surface de la ville avec leur hideuse progéniture qu'ils détestent autant que leurs pères. Un Wieroo garde ses enfants ainsi cachés jusqu'à ce qu'ils soient devenus adultes de peur qu'ils ne soient tués par leurs semblables. Les salles inférieures de la ville sont remplies de nombreux comme ceux-ci."

Plusieurs pieds au-dessus, se trouvait une seconde porte, derrière laquelle ils trouvèrent une petite pièce remplie de provisions dans des récipients en bois. Une fenêtre grillagée dans un mur s'ouvrait au-dessus d'une ruelle, et à travers elle, ils pouvaient voir qu'ils étaient juste en dessous du toit du bâtiment. L'obscurité tombait, et sur la suggestion de Bradley, ils décidèrent de rester cachés ici jusqu'à ce qu'il fasse nuit, puis de monter sur le toit pour faire une reconnaissance.

Peu de temps après s'être installés, ils entendirent quelque chose descendre l'échelle d'en haut. Ils espéraient que cela continuerait à descendre dans le puits et retenaient leur souffle alors que le bruit approchait de la porte du garde-manger. Leur cœur s'enfonça lorsqu'ils entendirent la porte s'ouvrir et virent par les fissures des récipients derrière lesquels ils se cachaient qu'un Wieroo à la raie jaune entrait dans la pièce. Ils le reconnurent immédiatement, la jeune fille indiquant ce fait par une pression soudaine de ses doigts sur le bras de Bradley. C'était le Wieroo à la raie jaune dont la demeure était l'endroit de la porte jaune où Bradley avait vu la jeune fille pour la première fois.

La créature portait un bol en bois qu'elle remplissait de nourriture séchée dans plusieurs des récipients ; puis elle se retourna et quitta la pièce. Bradley pouvait voir à travers la porte partiellement ouverte qu'elle descendait l'échelle. La jeune fille lui dit qu'elle apportait de la nourriture aux femmes et aux jeunes en bas, et que bien qu'elle puisse revenir immédiatement, les chances étaient qu'elle resterait un certain temps.

"Nous sommes juste en dessous de l'endroit de la porte jaune", dit-elle. "C'est loin du bord de la ville ; tellement loin que nous ne pourrons pas espérer échapper si nous montons sur les toits ici."

"Je pense", répondit l'homme, "que de tous les endroits à Oo-oh, celui-ci sera le plus facile à fuir. Quoi qu'il en soit, je veux retourner à l'endroit de la porte jaune et récupérer mon pistolet s'il est là."

"Le pistolet est toujours là", répondit la fille. "Je l'ai vu placé dans un coffre où il garde les choses qu'il prend à ses prisonniers et victimes."

"Parfait !", s'exclama Bradley. "Viens, rapidement." Et les deux traversèrent la pièce jusqu'au puits et montèrent l'échelle sur une courte distance jusqu'à son sommet, où ils trouvèrent une autre porte qui s'ouvrait sur une pièce vide, la même où Bradley avait rencontré la jeune fille pour la première fois. Trouver le pistolet ne fut qu'une affaire de recherche d'un moment de la part de la compagne de Bradley ; puis, sur le signal de l'Anglais, elle le suivit jusqu'à la porte jaune.

Il faisait assez sombre dehors lorsque les deux entrèrent dans le passage étroit entre deux bâtiments. Quelques pas les amenèrent à la porte du garde-manger où gisait le corps de Fosh-bal-soj. Au loin, vers le temple, ils pouvaient entendre des bruits comme ceux d'un grand rassemblement de Wieroos - le wailing singulier et étrange s'élevant au-dessus du battement lugubre de nombreuses ailes.

"Ils ont appris la mort de Celui qui Parle pour Luata", chuchota la fille. "Bientôt ils se disperseront dans toutes les directions à notre recherche."

"Et nous trouveront-ils ?"

"Aussi sûrement que Lua donne de la lumière en plein jour", répondit-elle, "et quand ils nous trouveront, ils nous déchireront en morceaux, car seuls les Wieroos ont le droit de tuer - seuls eux peuvent pratiquer le tas-ad."

"Mais ils ne te tueront pas", dit Bradley. "Tu ne l'as pas tué."

"Cela ne fera aucune différence", insista-t-elle. "S'ils nous trouvent ensemble, ils nous tueront tous les deux."

"Alors, ils ne nous trouveront pas ensemble", déclara Bradley de manière catégorique. "Reste ici, tu ne seras pas plus mal lotie qu'avant que je n'arrive, et j'irai aussi loin que possible et je m'occuperai du plus grand nombre possible de ces misérables avant qu'ils ne me trouvent. Adieu ! Tu es une sacrément chouette petite fille. J'aurais aimé avoir pu t'aider."

"Non", cria-t-elle. "Ne me laisse pas. Je préférerais mourir. J'avais espéré et espéré trouver un moyen de retourner dans mon propre pays. Je voulais revenir vers An-Tak, qui doit être très seul sans moi ; mais je sais que cela ne sera jamais possible. Il est difficile de tuer l'espoir, bien que le mien soit presque mort. Ne me laisse pas."

"An-Tak !" répéta Bradley. "Tu aimais un homme nommé An-Tak ?"

"Oui", répondit la jeune fille. "An-Tak était absent, en chasse, quand les Wieroos m'ont attrapée. Comme il a dû s'inquiéter pour moi ! Lui aussi était cos-ata-lu, de douze lunes mon aîné, et nous avons été ensemble toute notre vie."

Bradley resta silencieux. Alors elle aimait An-Tak. Il n'avait pas le cœur de lui dire qu'An-Tak était mort, ni comment.

À la porte du garde-manger de Fosh-bal-soj, ils s'arrêtèrent pour écouter. Aucun son ne provenait de l'intérieur, et Bradley poussa doucement la porte. Tout était dans l'obscurité la plus profonde lorsqu'ils entrèrent ; mais bientôt leurs yeux s'habituèrent à la pénombre partiellement éclairée par la douce lumière des étoiles de l'extérieur. L'Anglais chercha et trouva ce qu'il était venu chercher : deux robes, deux paires d'ailes inanimées et plusieurs longueurs de corde en fibre. Il attacha une paire d'ailes aux épaules de la jeune fille à l'aide de la corde. Ensuite, il drapa la robe autour d'elle, rabattant la capuche sur sa tête.

Il entendit son soupir d'étonnement quand elle comprit l'ingéniosité et l'audace de son plan ; puis il la dirigea pour qu'elle ajuste l'autre paire d'ailes et la robe sur lui. Travaillant avec des doigts agiles et solides, elle eut bientôt terminé le travail, et les deux se retrouvèrent sur le toit, pour tout objectif et toute apparence de véritables Wieroos.

En plus de son pistolet, Bradley portait l'épée du prophète Wieroo assassiné, tandis que la fille était armée du petit poignard du Wieroo rouge.

Ils marchèrent côte à côte lentement sur les toits vers le bord nord de la ville. Les Wieroos battaient des ailes au-dessus d'eux et plusieurs fois ils croisèrent d'autres marchant ou assis sur les toits. Du temple s'élevaient toujours les bruits de la commotion, percés maintenant par des cris aigus occasionnels.

"Les meurtriers sont de sortie", chuchota la jeune fille. "Ainsi un autre deviendra la langue de Luata. C'est bien pour nous, car cela les occupe trop pour avoir le temps de nous chercher. Ils pensent que nous ne pouvons pas quitter la ville, et ils savent que nous ne pouvons pas quitter l'île - et moi aussi."

Bradley secoua la tête. "S'il y a un moyen, nous le trouverons", dit-il.

"Il n'y a pas de moyen", répliqua la fille.

Bradley n'exprima aucune réaction et en silence, ils continuèrent jusqu'à ce que le bord extérieur des toits soit visible devant eux. "Nous y sommes presque", chuchota-t-il.

La fille chercha ses doigts et les pressa. Il sentait les siens trembler tandis qu'il rendait la pression, et il ne lâchait pas sa main. Ainsi, ils arrivèrent au bord du dernier toit.

Ils s'arrêtèrent ici et regardèrent autour d'eux. Être vu en train de descendre au sol serait trahir le fait qu'ils n'étaient pas des Wieroos. Bradley aurait préféré que leurs ailes soient attachées à leur corps par des tendons et des muscles plutôt que par des cordes de fibres. Un Wieroo battait des ailes bien au-dessus d'eux. Deux autres se tenaient près d'une porte à quelques mètres de distance. Se tenant entre eux et l'un des piédestaux extérieurs qui soutenaient l'un des nombreux crânes, Bradley attacha une extrémité d'un morceau de corde autour du piédestal et laissa tomber l'autre extrémité à l'extérieur de la ville. Puis, ils attendirent.

Il s'est écoulé une heure avant que la côte soit complètement dégagée, puis un moment est venu où aucun Wieroo n'était en vue. "Maintenant !" chuchota Bradley ; et la fille saisit la corde et glissa par-dessus le bord du toit dans l'obscurité en dessous. Un moment plus tard, Bradley sentit deux secousses rapides sur la corde et suivit immédiatement la fille.

Ils traversèrent une petite clairière étroite et entrèrent dans une forêt. Toute la nuit, ils marchèrent, remontant la rivière vers sa source, et à l'aube, ils se réfugièrent dans un fourré près du ruisseau. À aucun moment, ils n'entendirent le cri d'un carnassier, et bien que de nombreux animaux effrayés fuient à leur approche, ils ne furent pas une fois menacés par une bête sauvage. Quand Bradley s'étonna de l'absence des bêtes les plus féroces qui sont si nombreuses sur le continent de Caprona, la fille expliqua la raison qui est contenue dans l'une de leurs anciennes légendes.

"Quand les Wieroos développèrent pour la première fois des ailes avec lesquelles ils pouvaient voler, ils découvrirent que cette île était dépourvue de toute vie autre que quelques reptiles qui vivent soit sur la terre, soit dans l'eau, et ceux-ci seulement près de la côte. Ayant besoin de viande pour se nourrir, les Wieroos ont amené sur l'île les animaux qu'ils souhaitaient à cette fin. Ils les amènent toujours de temps en temps, et cela, associé à l'accroissement naturel, les maintient en viande."

"Comme cela fera pour nous", suggéra Bradley.

Le premier jour, ils restèrent cachés, ne se nourrissant que des aliments séchés que Bradley avait apportés avec lui du garde-manger du temple. La nuit suivante, ils reprirent leur voyage en remontant la rivière, avançant constamment jusqu'à presque l'aube, lorsqu'ils atteignirent de basses collines où la rivière serpentait à travers une gorge. Elle n'était plus qu'un mince ruisseau à présent, l'eau claire et froide, remplie de poissons similaires à la truite de ruisseau mais beaucoup plus gros. Ne voulant pas quitter le cours d'eau, ils marchèrent dans son lit jusqu'à un endroit où la gorge s'élargissait entre des falaises perpendiculaires pour former une acre boisée de terre plane. C'est là qu'ils s'arrêtèrent, car c'est là que la rivière prenait sa source. Ils avaient atteint sa source, de nombreuses sources froides jaillissant du centre d'un petit amphithéâtre naturel dans les collines et formant une claire et magnifique piscine ombragée par des arbres d'un côté et bordée par une petite clairière de l'autre.

Avec l'arrivée du soleil, ils réalisèrent qu'ils avaient découvert un endroit où ils pouvaient rester cachés des Wieroos pendant longtemps, et aussi un endroit qu'ils pourraient défendre contre ces créatures ailées, car les arbres les protégeraient contre une attaque d'en haut et gêneraient les mouvements des créatures s'ils tentaient de les suivre dans la forêt.

Pendant trois jours, ils se reposèrent ici avant d'essayer d'explorer les environs. Le quatrième jour, Bradley déclara qu'il allait escalader les falaises et découvrir ce qui se trouvait au-delà. Il dit à la jeune fille de rester cachée, mais elle refusa d'être laissée derrière, affirmant que quelle que soit son destin, elle avait l'intention de le partager, si bien qu'il fut enfin obligé de lui permettre de venir avec lui. À travers les bois au sommet de la falaise, ils se dirigèrent vers le nord et n'avaient parcouru qu'une courte distance lorsque la forêt prit fin, et devant eux, ils virent les eaux de la mer intérieure et, au loin, la rive tant convoitée.

La plage se trouvait à environ deux cents mètres du pied de la colline sur laquelle ils se tenaient, et il n'y avait ni arbre ni autre forme de refuge entre eux et l'eau aussi loin qu'ils pouvaient voir le long de la côte. Parmi les autres plans qu'avait envisagés Bradley, il avait pensé à construire un radeau couvert sur lequel ils pourraient dériver jusqu'au continent. Cependant, une telle contrivance serait nécessairement lourde, et elle devrait être construite dans l'eau de la mer, car ils ne pouvaient pas espérer la déplacer, même sur une courte distance à terre.

"Si seulement cette forêt était au bord de l'eau", soupira-t-il.

"Mais ce n'est pas le cas," lui rappela la jeune fille, puis ajouta : "Faisons de notre mieux. Nous avons échappé à la mort, du moins pour un temps. Nous avons de la nourriture, de l'eau potable, la paix et nous avons l'un l'autre. Que pourrions-nous avoir de plus sur le continent ?"

"Pourtant, je croyais que tu voulais retourner dans ton propre pays !" s'exclama-t-il.

Elle baissa les yeux vers le sol et se détourna légèrement. "Oui," dit-elle, "mais je suis heureuse ici. Je pourrais être peu plus heureuse là-bas."

Bradley resta silencieux, perdu dans ses pensées. "'Nous avons de la nourriture, de l'eau potable, la paix et nous avons l'un l'autre !'" répéta-t-il pour lui-même. Il se tourna alors pour regarder la jeune fille, et c'était comme si, en ces jours où ils avaient été ensemble, c'était la première fois qu'il la voyait vraiment. Les circonstances qui les avaient réunis, les dangers qu'ils avaient affrontés, tout l'environnement étrange et horrible qui avait servi de toile de fond à sa connaissance d'elle avait eu son effet – elle n'avait été que la compagne d'une aventure ; son autonomie, son endurance, sa loyauté, n'avaient été que ce qu'un homme pourrait attendre d'un autre, et il réalisa qu'il avait inconsciemment adopté une attitude envers elle qu'il aurait pu adopter envers un homme. Pourtant, il y avait une différence – il se souvint maintenant de la sensation étrange d'exaltation qui l'avait envahi lorsque la jeune fille avait pressé sa main dans la sienne, et de la dépression qui avait suivi l'annonce de son amour pour An-Tak.

Il fit un pas vers elle. Un désir ardent de la saisir et de l'étreindre dans ses bras le submergea, puis il se souvint soudain de l'image d'une majestueuse salle entourée de vastes jardins et d'arbres anciens, et d'un vieil homme fier aux sourcils broussailleux – un vieil homme qui tenait sa tête bien haute – et Bradley secoua la tête et se détourna à nouveau.

Ils retournèrent alors à leur petite acre, et les jours passèrent, l'homme fabriqua des lances, un arc et des flèches, et chassa avec eux pour avoir de la viande. Il confectionna des hameçons en os de poisson et attrapa des poissons avec des mouches étonnantes de sa propre invention. La jeune fille récoltait des fruits, cuisinait la viande et le poisson, et fabriquait des lits avec des branches et de l'herbe douce. Elle tannait les peaux des animaux qu'il tuait et les rendait douces en les frappant beaucoup. Elle se confectionnait des sandales ainsi qu'à l'homme et fabriquait une tenue en peau à la manière des guerriers de sa tribu, et elle força l'homme à la porter, car ses propres vêtements étaient en lambeaux.

Elle était toujours la même, douce, aimable et serviable, mais toujours dans sa manière et son expression, il y avait juste une trace de mélancolie, et souvent elle s'asseyait et observait l'homme quand il ne le savait pas, les sourcils froncés dans une pensée comme si elle essayait de le comprendre et de le saisir.

Dans la falaise, Bradley creusa une caverne dans le granit pourri dont la colline était composée, créant un abri contre les pluies. Il apporta du bois pour leur feu de cuisine, qu'ils utilisaient uniquement au milieu de la journée, un moment où il y avait peu de probabilité que les Wieroos soient dans les airs si loin de leur ville, et il apprit à le recouvrir de terre de manière à ce que les braises tiennent jusqu'au lendemain midi sans dégager de fumée.

Il planifiait toujours de rejoindre le continent, et pas un jour ne passait sans qu'il ne monte au sommet de la colline pour regarder au loin sur la mer vers la ligne sombre et lointaine qui signifiait pour lui une relative liberté et peut-être des retrouvailles avec ses camarades. La jeune fille allait toujours avec lui, se tenant à ses côtés et observant l'expression sévère sur son visage avec juste une nuance de tristesse dans le sien.

"Tu n'es pas heureux," dit-elle une fois.

"Je devrais être de l'autre côté avec mes hommes," répondit-il. "Je ne sais pas ce qui a pu leur arriver."

"Je veux que tu sois heureux," dit-elle tout simplement, "mais je serais très seule si tu partais et me laissais ici."

Il posa sa main sur son épaule. "Je ne ferais pas ça, ma petite," dit-il doucement. "Si tu ne peux pas venir avec moi, je ne partirai pas. Si l'un de nous doit partir seul, ce sera toi."

Son visage s'illumina d'un sourire merveilleux. "Alors, nous ne serons pas séparés," dit-elle, "car je ne te quitterai jamais tant que nous serons tous les deux en vie."

Il la regarda un moment puis demanda : "Qui était An-Tak ?"

"Mon frère," répondit-elle. "Pourquoi ?"

Et alors, encore moins qu'auparavant, pouvait-il lui dire. C'est alors qu'il fit quelque chose qu'il n'avait jamais fait auparavant : il passa ses bras autour d'elle et se pencha pour lui donner un baiser sur le front. "Jusqu'à ce que tu retrouves An-Tak", dit-il, "je serai ton frère."

Elle s'éloigna. "J'ai déjà un frère", dit-elle, "et je n'en veux pas un autre."

CHAPITRE V

Les jours se transformèrent en semaines, et les semaines devinrent des mois, et les mois se succédèrent paresseusement, ponctués de journées chaudes et humides et de nuits douces et humides. Les fugitifs ne croisèrent jamais un Wieroo en plein jour, bien que souvent, la nuit, ils entendirent le battement mélancolique d'ailes géantes planant loin au-dessus d'eux.

Chaque jour ressemblait beaucoup à son prédécesseur. Bradley s'ébattait pendant quelques minutes dans la piscine froide tôt le matin, et après un certain temps, la fille essaya et aima ça. Vers le centre, l'eau était suffisamment profonde pour nager, et ainsi il lui apprit à nager, elle était probablement la première personne en tous les âges de Caspak à accomplir cette chose. Ensuite, tandis qu'elle préparait le petit-déjeuner, l'homme se rasait, il ne négligeait jamais cette tâche. Au début, c'était une source d'étonnement pour la fille, car les hommes Galu n'ont pas de barbe.

Lorsqu'ils avaient besoin de viande, il chassait, sinon, il s'occupait à améliorer leur abri, à fabriquer de nouvelles armes plus efficaces, à perfectionner sa connaissance de la langue de la fille, et à lui enseigner à parler et à écrire en anglais, tout ce qui les garderait tous deux occupés. Il cherchait toujours de nouveaux plans d'évasion, mais avec un enthousiasme de plus en plus faible, car chaque nouveau plan présentait un obstacle insurmontable.

Et puis, un jour, comme un coup de tonnerre dans un ciel clair, ce qui a pulvérisé la paix et la sécurité de leur refuge pour toujours est arrivé. Bradley sortait de l'eau après sa baignade matinale lorsque, venant d'en haut, il entendit le bruit d'ailes qui battaient. En levant rapidement les yeux, il vit un Wieroo vêtu de blanc qui tournait lentement au-dessus de lui. Il ne pouvait douter qu'il avait été découvert, car la créature descendit même à une altitude inférieure comme pour s'assurer que ce qu'elle voyait était bien un homme. Puis elle s'éleva rapidement et s'envola en direction de la ville.

Pendant deux jours, Bradley et la fille vécurent dans un état constant d'appréhension, attendant le moment où les chasseurs viendraient les chercher. Cependant, rien ne se passa jusqu'au lever du troisième jour, lorsque le battement d'ailes leur annonça l'approche des Wieroos. Ensemble, ils se dirigèrent vers le bord de la forêt et regardèrent vers le haut pour voir cinq créatures vêtues de rouge qui descendaient lentement en spirales de plus en plus étroites vers leur petit amphithéâtre. Ils vinrent sans chercher à se cacher, convaincus de leur capacité à subjuguer ces deux fugitifs, et avec la plus grande confiance en eux, ils atterrirent dans la clairière à quelques pas seulement de l'homme et de la fille.

Suivant un plan déjà discuté, Bradley et la fille se retirèrent lentement dans la forêt. Les Wieroos avancèrent, les appelant à se rendre, mais les fugitifs ne répondirent pas. Bradley mena les chasseurs de plus en plus profondément dans la petite forêt, leur permettant de s'approcher de plus en plus près. Puis il fit demi-tour en direction de la clairière, visiblement pour la grande satisfaction des Wieroos, qui le suivaient maintenant plus paisiblement, attendant le moment où ils seraient sortis des arbres et pourraient utiliser leurs ailes. Ils s'étaient maintenant ouverts en formation semi-circulaire, manifestement dans l'intention de couper le chemin de retour dans la forêt aux deux fugitifs. Chaque Wieroo avançait avec sa lame courbe prête dans sa main, chaque visage hideux était impassible.

C'est alors que Bradley ouvrit le feu avec son pistolet, trois tirs, visant avec soin, car cela faisait longtemps qu'il n'avait pas utilisé l'arme, et il ne pouvait pas se permettre de gaspiller tems munitions avec des ratés. À chaque coup, un Wieroo tomba. Les deux derniers cherchèrent alors à fuir, criant et gémissant à la manière de leur espèce. Lorsqu'un Wieroo court, ses ailes s'écartent presque sans qu'il en ait conscience, car depuis la nuit des temps, il les a toujours utilisées pour se maintenir en équilibre et accélérer sa vitesse de course, de sorte que, à découvert, elles semblent effleurer la surface du sol en courant. Mais ici, dans les bois, parmi les troncs serrés, l'ouverture de leurs ailes fut leur perte : elle les gênait, les stoppait et les jetait à terre. Bradley se précipita sur eux, les menaçant de mort immédiate s'ils ne se rendaient pas, leur promettant la liberté s'ils obéissaient.

"Comme vous l'avez vu", cria-t-il, "je peux vous tuer quand je le veux et à distance. Vous ne pouvez pas m'échapper. Votre seul espoir de vie réside dans l'obéissance. Vite, ou je tue !"

Les Wieroos s'arrêtèrent et le regardèrent. "Que voulez-vous de nous ?" demanda l'un d'eux.

"Jetez vos armes", ordonna Bradley. Après un moment d'hésitation, ils obéirent.

"Maintenant, approchez !". Un grand plan, le seul plan, lui était soudainement venu comme une inspiration.

Les Wieroos s'approchèrent et s'arrêtèrent à son commandement. Bradley se tourna vers la fille. "Il y a de la corde dans l'abri", dit-il. "Apporte-la !"

Elle fit ce qu'il demanda, puis il lui indiqua de fixer une extrémité d'une corde de cinquante pieds à la cheville d'un des Wieroos, et l'extrémité opposée au second. Les créatures montrèrent des signes de grande peur, mais elles n'osèrent pas tenter d'empêcher l'acte.

"Maintenant, sortez dans la clairière", dit Bradley, "et rappelez-vous que je suis juste derrière vous et que je tirerai sur le plus proche si l'un d'entre vous tente de s'échapper - cela retiendra l'autre jusqu'à ce que je puisse le tuer aussi."

Dans l'aire ouverte, il les arrêta. "La fille montera sur le dos de celui de devant", annonça l'Anglais. "Je monterai l'autre. Elle porte une lame tranchante, et je porte cette arme que vous savez tuer facilement à distance. Si vous désobéissez ne serait-ce qu'un peu aux instructions que je vais vous donner, vous mourrez tous les deux. Le fait que nous devions mourir avec vous ne nous découragera pas. Si vous obéissez, je promets de vous libérer sans vous nuire.

"Vous nous porterez vers l'ouest, en nous déposant sur le rivage du continent principal, c'est tout. C'est le prix de vos vies. Êtes-vous d'accord ?"

Les Wieroos acquiescèrent de mauvaise grâce. Bradley examina les nœuds qui retenaient la corde à leurs chevilles, et, les sentant bien sécurisés, indiqua à la fille de monter sur le dos du premier Wieroo, puis lui-même monta sur l'autre. Ensuite, il donna le signal pour que les deux s'élèvent en même temps. Avec un battement bruyant de leurs puissantes ailes, les créatures s'élevèrent dans les airs, tournant une fois avant de survoler les arbres sur la colline, puis prenant un cap due à l'ouest au-dessus des eaux de la mer.

Nulle part autour d'eux, Bradley ne pouvait voir de signes d'autres Wieroos, ni de ces autres menaces qu'il craignait qui pourraient compromettre ses plans d'évasion - les gigantesques reptiles ailés qui sont si nombreux au-dessus des régions méridionales de Caspak et que l'on voit souvent, bien qu'en moins grand nombre, plus au nord.

De plus en plus proche se dessinait le continent, une vaste étendue ressemblant à un parc s'étendant à l'intérieur des terres jusqu'au pied d'un plateau bas s'étalant devant eux. Les petits points au premier plan devinrent des troupeaux de cerfs, d'antilopes et de Bos ; un énorme rhinocéros laineux barbotait dans un trou de boue à droite, et au-delà, un puissant mammouth arrachait les jeunes pousses d'un grand arbre. Les rugissements, les cris et les grognements des gigantesques carnivores parvenaient faiblement à leurs oreilles. Ah, c'était Caspak. Avec tous ses dangers et sa sauvagerie primitive, cela remplissait la gorge de l'Anglais, comme à celui qui voit et entend les paysages et les sons familiers du chez-soi après une longue absence. Ensuite, les Wieroos descendirent rapidement sur la pelouse étoilée de fleurs qui poussait presque jusqu'au bord de l'eau, les fugitifs glissèrent de leur dos, et Bradley dit aux créatures vêtues de rouge qu'elles étaient libres de partir.

Lorsqu'il eut coupé les cordes de leurs chevilles, ils se levèrent en poussant ce cri sinistre qui faisait toujours frissonner l'Anglais, et sur des ailes lugubres, ils s'envolèrent vers le terrifiant Oo-oh.

Quand les créatures furent parties, la fille se tourna vers Bradley. "Pourquoi les as-tu faits nous amener ici ?" demanda-t-elle. "Maintenant, nous sommes loin de mon pays. Nous risquons de ne jamais atteindre la destination, car nous sommes parmi des ennemis qui, bien que moins horribles, nous tueront tout aussi sûrement que les Wieroos si jamais ils nous capturaient, et nous devons faire de longs trajets à travers des territoires remplis de bêtes sauvages."

Il y avait deux raisons", répondit Bradley. "Tu m'as dit qu'il y a deux cités de Wieroos à l'extrémité est de l'île. Passer près de l'une ou de l'autre aurait pu nous attirer des centaines de ces créatures que nous n'aurions pas pu échapper. De plus, mes amis doivent être près de cet endroit - il ne peut pas y avoir plus de deux marches jusqu'au fort dont je t'ai parlé. C'est mon devoir de retourner vers eux. S'ils sont toujours en vie, nous trouverons un moyen de te ramener vers ton peuple."

"Et toi ?" demanda la fille.

"J'ai échappé à Oo-oh", répondit Bradley. "J'ai accompli l'impossible une fois, et je l'accomplirai à nouveau - je m'échapperai de Caspak."

Il ne regardait pas son visage en lui répondant, et il ne vit donc pas l'ombre de tristesse qui passa sur son visage. Lorsqu'il releva les yeux, elle souriait.

"Ce que tu veux, je le veux aussi", dit la fille.

Ils se dirigèrent vers le sud le long de la côte en suivant la plage, où la marche était la meilleure, mais en restant toujours assez près des arbres pour être à l'abri des bêtes et des reptiles qui les menaçaient si souvent. C'était en fin d'après-midi lorsque la fille saisit soudain le bras de Bradley et pointa droit devant le long de la côte. "Qu'est-ce que c'est ?" murmura-t-elle. "Quel étrange reptile est-ce ?"

Bradley regarda dans la direction que son fin doigt indiquait. Il se frotta les yeux et regarda à nouveau, puis il saisit le poignet de la fille et la tira rapidement derrière un buisson.

"Qu'est-ce que c'est ?" demanda-t-elle.

"C'est le reptile le plus terrifiant que les eaux du monde n'aient jamais connu", répondit-il. "C'est un sous-marin allemand !"

Une expression d'étonnement et de compréhension illumina son visage. "C'est la chose dont tu m'as parlé", s'exclama-t-elle, "la chose qui nage sous l'eau et qui transporte des hommes dans son ventre !"

"C'est ça", répondit Bradley.

"Alors pourquoi te caches-tu de lui ?" demanda la fille. "Tu as dit que maintenant il appartenait à tes amis."

"Il s'est écoulé de nombreux mois depuis que j'ai su ce qui se passait parmi mes amis", répondit-il. "Je ne peux pas savoir ce qui leur est arrivé. Ils auraient dû quitter ce navire depuis longtemps, et je ne peux pas comprendre pourquoi il est toujours ici. Je vais d'abord enquêter avant de me montrer. Quand je suis parti, il y avait plus d'Allemands sur le U-33 que d'hommes de mon propre groupe au fort, et j'ai eu suffisamment d'expérience des Allemands pour savoir qu'ils doivent être surveillés - si ce n'est pas le cas depuis mon départ."

Se frayant un chemin à travers une lisière de bois qui poussait à quelques mètres à l'intérieur des terres, les deux se glissèrent inaperçus vers le sous-marin qui était amarré au rivage à un endroit que Bradley reconnut comme étant près de la mare de pétrole au nord de Dinosaur. Aussi près que possible du navire, ils s'arrêtèrent, se cachant bas parmi la végétation dense, et observèrent le bateau à la recherche de signes de vie humaine autour de lui. Les écoutilles étaient fermées - personne ne pouvait être vu ni entendu. Pendant cinq minutes, Bradley observa, puis il décida de monter à bord du sous-marin pour enquêter. Il s'était levé pour mettre sa décision en pratique quand soudain il entendit, proférées en des termes violents et menaçants, une volée de jurons et d'exclamations allemandes parmi lesquelles il entendit plusieurs fois "englische Schweinehunde". La voix ne provenait pas de la direction du sous-marin, mais de l'intérieur des terres. En rampant, Bradley atteignit un endroit d'où, à travers les lianes pendantes des arbres, il pouvait voir un groupe d'hommes descendant vers le rivage.

Il vit le baron Friedrich von Schoenvorts et six de ses hommes - tous armés - tandis qu'ils marchaient en petit groupe parmi eux, Olson, Brady, Sinclair, Wilson et Whitely.

Bradley ignorait tout de la disparition de Bowen Tyler et de Miss La Rue, ni de la perfidie des Allemands qui avaient bombardé le fort et tenté de s'échapper dans le U-33, mais il n'était en aucun cas surpris par ce qu'il voyait devant lui.

La petite troupe avançait lentement, les prisonniers titubant sous le poids des bidons d'huile, tandis que Schwartz, l'un des sous-officiers allemands, les maudissait et les frappait impartialement avec un bâton de bois. Von Schoenvorts marchait à l'arrière de la colonne, encourageant Schwartz et riant de la confusion des Britanniques. Dietz, Heinz et Klatz semblaient également beaucoup apprécier ce spectacle ; cependant, deux des hommes - Plesser et Hindle - marchaient les yeux fixés droit devant eux, le visage renfrogné.

Bradley sentit son sang bouillir en voyant les indignités lâches qui étaient infligées à ses hommes, et pendant le court laps de temps qu'il fallut à la colonne pour passer à sa hauteur, il élabora ses plans, aussi téméraires qu'il les savait. Puis, il serra la jeune fille contre lui. "Reste ici", chuchota-t-il. "Je vais affronter ces bêtes, mais je vais mourir. Ne les laisse pas te voir. Ne les laisse pas te prendre vivante. Ils sont plus cruels, plus lâches, plus bestiaux que les Wieroos."

La jeune fille se serra contre lui, le visage très pâle. "Vas-y, si c'est ce qui est juste", chuchota-t-elle, "mais si tu meurs, je mourrai aussi, car je ne peux pas vivre sans toi."

Il la regarda intensément dans les yeux. "Oh !" s'exclama-t-il. "Quel idiot j'ai été ! Je ne pourrais pas non plus vivre sans toi, petite fille." Et il la serra très fort contre lui et embrassa ses lèvres. "Au revoir." Il se dégagea de ses bras et regarda de nouveau juste à temps pour voir que l'arrière de la colonne venait de le dépasser. Puis il se leva et sauta rapidement et silencieusement depuis la jungle.

Soudain, von Schoenvorts sentit un bras se refermer autour de son cou et son pistolet arraché de son étui. Il poussa un cri d'effroi et d'avertissement, et ses hommes se retournèrent pour voir un homme blanc à moitié nu tenant leur chef fermement par derrière et pointant un pistolet vers eux par-dessus son épaule.

"Posez ces armes !" retentirent des syllabes courtes et nettes, prononcées parfaitement en allemand par le nouvel arrivant. "Posez-les, sinon je mettrai une balle dans la tête de von Schoenvorts."

Les Allemands hésitèrent un instant, regardant d'abord vers von Schoenvorts, puis vers Schwartz, qui était visiblement le second en commandement, en quête d'ordres.

"C'est le porc anglais, Bradley", cria ce dernier, "et il est seul - allez le chercher ! "

"Pars toi-même," grogna Plesser. Hindle s'approcha du côté de Plesser et lui murmura quelque chose à l'oreille. Ce dernier acquiesça. Soudain, von Schoenvorts fit volte-face et saisit le bras armé de Bradley avec ses deux mains. "Maintenant !" cria-t-il. "Venez le prendre, rapidement !"

Schwartz et trois autres se précipitèrent en avant ; mais Plesser et Hindle restèrent en retrait, regardant les prisonniers anglais avec interrogation. Puis Plesser parla. "C'est maintenant votre chance, Engländer," dit-il à voix basse. "Saisissez Hindle et moi et prenez-vous nos armes - nous ne nous battrons pas vigoureusement."

Olson et Brady ne tardèrent pas à agir sur la suggestion. Ils avaient assez vu du traitement brutal que von Schoenvorts réservait à ses hommes, ainsi que de l'attention particulièrement venimeuse qu'il avait pris grand plaisir à accorder à Plesser et Hindle, pour comprendre que ces deux-là pouvaient être sincères dans leur désir de vengeance. En un instant, les deux Allemands étaient désarmés et Olson et Brady se précipitaient pour soutenir Bradley ; mais il semblait déjà trop tard.

Von Schoenvorts avait réussi à traîner l'Anglais de telle manière que son dos était tourné vers Schwartz et les autres Allemands qui avançaient. Schwartz était presque sur Bradley, son arme levée et prête à s'abattre sur le crâne de l'Anglais. Brady et Olson chargeaient les Allemands par derrière, avec Wilson, Whitely et Sinclair les soutenant à coups de poing. Il semblait que Bradley était condamné lorsque, apparemment sorti de nulle part, une flèche siffla et frappa Schwartz sur le côté, traversant son corps à moitié pour le faire s'effondrer au sol. L'homme tomba en poussant un cri, et en même temps, Olson et Brady virent la silhouette fine d'une jeune fille se tenant au bord de la jungle, calmement en train de préparer une autre flèche à son arc.

Bradley avait maintenant réussi à se libérer de l'emprise de von Schoenvorts et à le faire tomber d'un coup de crosse de son pistolet. Le reste des Anglais et des Allemands étaient engagés dans un combat corps à corps. Plesser et Hindle se tenaient à l'écart de la mêlée et exhortaient leurs camarades à se rendre et à se joindre aux Anglais contre la tyrannie de von Schoenvorts. Heinz et Klatz, peut être influencés par leurs exhortations, opposaient une résistance timide ; mais Dietz, un Prussien énorme, barbu et au cou de taureau, hurlait comme un maniaque, cherchant à exterminer les "englische Schweinehunde" avec sa baïonnette, craignant de tirer avec son arme de peur de tuer certains de ses camarades.

C'est Olson qui l'a affronté, et bien qu'il ne fût pas familier avec le long fusil allemand et la baïonnette, il fit face à l'assaut féroce de l'Hun avec la froide précision et la science cruelle du combat à la baïonnette à l'anglaise. Il n'y avait pas de feinte, pas de retraite, et aucune parade qui ne soit pas aussi une attaque. Le combat à la baïonnette aujourd'hui n'est pas un spectacle plaisant à voir - ce n'est pas un match artistique d'escrime où les hommes donnent et reçoivent - c'est un massacre inévitable et rapidement terminé.

Dietz se précipita une fois furieusement vers la gorge d'Olson. Une courte pointe, avec un simple mouvement de la baïonnette vers la gauche, envoya la lame aiguisée par-dessus l'épaule gauche de l'Anglais. Immédiatement, il se rapprocha, laissa tomber son fusil entre ses mains et le saisit des deux mains juste en dessous du canon, et d'un coup sec et court, il envoya sa lame sous le menton de Dietz jusqu'au cerveau. Si rapidement la chose fut faite et si rapide fut le retrait qu'Olson s'était retourné pour affronter un autre adversaire avant que le cadavre allemand ne bascule au sol.

Mais il n'y avait plus d'adversaires à affronter. Heinz et Klatz avaient jeté leurs fusils et, les mains en l'air, criaient "Kamerad ! Kamerad !" à tue-tête. Von Schoenvorts gisait toujours là où il était tombé. Plesser et Hindle expliquaient à Bradley qu'ils étaient satisfaits de l'issue du combat, car ils ne pouvaient plus supporter la brutalité du commandant du sous-marin.

Le reste des hommes regardait la jeune fille qui avançait lentement, son arc prêt, lorsque Bradley se tourna vers elle et lui tendit la main.

"Co-Tan", dit-il, "détends ton arc, ce sont mes amis, et les tiens." Et aux Anglais : "Voici Co-Tan. Ceux d'entre vous qui l'ont vue me sauver de Schwartz savent une partie de ce que je lui dois."

Les hommes rudes se rassemblèrent autour de la jeune fille, et lorsqu'elle leur parla en anglais haché, avec un sourire sur les lèvres qui rehaussait le charme de son accent irrésistible, chacun d'entre eux tomba promptement amoureux d'elle et se constitua désormais son gardien et son esclave.

Un instant plus tard, leur attention fut attirée par Plesser, qui était visé par un flot d'invectives. Ils se retournèrent à temps pour voir l'homme courir vers von Schoenvorts qui se relevait du sol. Plesser portait un fusil avec la baïonnette fixée, qu'il avait arraché du côté du cadavre de Dietz. Le visage de von Schoenvorts était livide de peur, ses mâchoires s'agitaient comme s'il voulait appeler à l'aide, mais aucun son ne sortit de ses lèvres bleues.

"Tu m'as frappé", hurla Plesser. "Une fois, deux fois, trois fois, tu m'as frappé, porc. Tu as tué Schwerke, tu l'as poussé à la folie avec ta cruauté jusqu'à ce qu'il mette fin à ses jours. Tu n'es qu'un de ton espèce, ils sont tous comme toi, depuis le Kaiser. J'aimerais que tu sois le Kaiser. Voilà ce que je ferais !" Et il enfonça sa baïonnette dans la poitrine de von Schoenvorts. Ensuite, il laissa tomber son fusil avec l'homme mourant et se tourna vers Bradley. "Me voici", dit-il. "Fais de moi ce que tu veux. Toute ma vie, j'ai été frappé et maltraité par des gens comme ça, et pourtant, j'ai toujours obéi quand ils l'ont ordonné, chantant, prêt à donner ma vie si nécessaire pour les maintenir au pouvoir. Récemment seulement, j'ai compris à quel point j'étais un imbécile. Mais maintenant, je ne suis plus un imbécile, et en plus, je suis vengé, et Schwerke est vengé, donc tu peux me tuer si tu le souhaites. Me voici."

"Si j'étais le roi", dit Olson, "je te piquerais la Croix de Victoria sur ta noble poitrine ; mais étant seulement un Irlandais avec un nom suédois, pour lequel Dieu me pardonne, tout ce que je peux faire, c'est te serrer la main."

"Tu ne seras pas puni", déclara Bradley. "Il en reste quatre d'entre vous. Si vous quatre voulez nous rejoindre et travailler avec nous, nous vous accepterons, mais vous viendrez en tant que prisonniers."

"Cela me convient", dit Plesser. "Maintenant que le capitaine-lieutenant est mort, vous n'avez plus à craindre. Toute notre vie, nous n'avons connu que l'obéissance envers sa classe. Si je ne l'avais pas tué, je suppose que je serais assez fou pour lui obéir à nouveau, mais il est mort. Maintenant, nous vous obéirons, nous devons obéir à quelqu'un."

"Et vous ?" Bradley se tourna vers les autres survivants de l'équipage original du U-33. Chacun promit obéissance.

Les deux Allemands décédés furent enterrés dans une seule tombe, puis le groupe monta à bord du sous-marin et entreposa l'huile.

C'est là que Bradley raconta aux hommes ce qui lui était arrivé depuis la nuit du 14 septembre, lorsqu'il avait disparu si mystérieusement du camp sur le plateau. Il apprit maintenant pour la première fois que Bowen J. Tyler Jr. et Miss La Rue étaient portés disparus depuis encore plus longtemps que lui, et qu'aucune trace d'eux n'avait été découverte.

Olson lui raconta comment les Allemands étaient revenus et les avaient attendus en embuscade à l'extérieur du fort, les capturant pour les faire travailler à la raffinerie du pétrole, puis à bord du U-33. Plesser parla brièvement des expériences de l'équipage allemand sous les ordres de von Schoenvorts depuis leur évasion de Caspak, des moments où ils avaient perdu leurs repères après avoir été bombardés par des navires, de leurs tentatives pour se faufiler plus au nord, de l'épuisement de leurs provisions et de leur carburant, jusqu'à ce qu'ils découvrent par accident plus que par dessein, l'île mystérieuse qu'ils avaient tant voulu quitter auparavant.

"Maintenant", annonça Bradley, "nous allons planifier l'avenir. Le bateau a du carburant, des provisions et de l'eau pour un mois, si je ne m'abuse, Plesser ; nous sommes dix pour le manœuvrer. Nous avons un dernier devoir triste ici, nous devons rechercher Miss La Rue et M. Tyler. Je dis un devoir triste parce que nous savons que nous ne les trouverons pas, mais il n'en reste pas moins notre devoir de longer la côte, en tirant des fusées de signalisation à intervalles, afin de partir au moins avec la certitude que nous avons fait tout ce que des hommes pouvaient faire pour les retrouver."

Personne ne contredit cette conviction, et aucune voix ne s'éleva pour protester contre le plan de s'assurer au moins une fois de plus avant de quitter à jamais Caspak.

Et ainsi, ils partirent, croisant lentement la côte et tirant de temps en temps un coup de canon. Souvent, le navire s'arrêtait, et des yeux inquiets scrutaient la rive à la recherche d'un signal de réponse. En fin d'après-midi, ils aperçurent un groupe de guerriers Band-lu. Mais lorsque le navire s'approcha de la côte et que les indigènes réalisèrent que des êtres humains se tenaient sur le dos du monstre marin étrange, ils s'enfuirent dans la terreur, bien avant que Bradley puisse les héler.

Cette nuit-là, ils jetèrent l'ancre à l'embouchure d'un ruisseau léthargique dont les eaux chaudes grouillaient de millions de minuscules organismes en forme de têtards, semblables à des progénitures humaines minuscules, entamant leur voyage précaire depuis quelque étang intérieur vers "le commencement" - un voyage que seul un sur des millions, peut-être, survivrait pour achever. Déjà, presque au début de la vie, ils étaient accueillis par des milliers de bouches voraces, alors que poissons et reptiles de toutes sortes se battaient pour les dévorer, tandis que d'autres créatures plus grandes poursuivaient les dévoreurs pour être, à leur tour, la proie de certaines des innombrables formes qui peuplent les profondeurs de la mer terrifiante de Caprona.

Le deuxième jour était pratiquement une répétition du premier. Ils avançaient très lentement, avec des arrêts fréquents, et une fois ils débarquèrent dans le pays des Kro-lu pour chasser. Là, ils furent attaqués par les hommes à l'arc et aux flèches, qu'ils ne purent persuader de négocier avec eux. Les autochtones étaient si belliqueux qu'il devint nécessaire de tirer sur eux pour échapper à leurs attentions persistantes et féroces.

"Quelle chance", demanda Bradley, alors qu'ils retournaient au bateau avec leur gibier, "Tyler et Miss La Rue auraient-ils pu avoir parmi des gens comme ceux-ci ?"

Mais ils poursuivirent leur quête infructueuse, et le troisième jour, après avoir longé la côte d'un profond bras de mer, ils passèrent une série de hautes falaises qui formaient la rive sud du bras de mer et contournèrent un promontoire abrupt vers midi. Co-Tan et Bradley étaient seuls sur le pont, et lorsque la nouvelle ligne de côte apparut au-delà du cap, la jeune fille poussa une exclamation de joie et saisit la main de l'homme dans la sienne.

"Oh, regarde !", s'écria-t-elle. "Le pays des Galu ! Le pays des Galu ! C'est mon pays que je n'espérais plus jamais revoir."

"Tu es heureuse de revenir, Co-Tan ?", demanda Bradley.

"Oh, tellement heureuse !", s'écria-t-elle. "Et tu viendras avec moi vers mon peuple ? Nous pouvons vivre ici parmi eux, et tu seras un grand guerrier - oh, quand Jor mourra, tu pourrais même devenir chef, car il n'y a personne d'aussi puissant que mon guerrier. Tu viendras ?"

Bradley secoua la tête. "Je ne peux pas, petite Co-Tan", répondit-il. "Mon pays a besoin de moi, et je dois y retourner. Peut-être un jour je reviendrai. Tu ne m'oublieras pas, Co-Tan ?"

Elle le regarda, les yeux écarquillés. "Tu t'en vas loin de moi ?", demanda-t-elle d'une voix très faible. "Tu t'en vas loin de Co-Tan ?"

Bradley posa les yeux sur la petite tête inclinée. Il sentit la joue douce contre son bras nu ; et il sentit autre chose aussi - des gouttes de chaleur qui coulaient jusqu'à ses doigts et éclaboussaient, mais chacune était arrachée d'un cœur de femme.

Il se pencha bas et releva le visage inondé de larmes vers le sien. "Non, Co-Tan", dit-il, "je ne m'en vais pas loin de toi, car tu viens avec moi. Tu retournes dans mon propre pays pour être ma femme. Dis-moi que tu le feras, Co-Tan." Et il se pencha encore plus bas depuis sa hauteur et l'embrassa sur les lèvres. Et il n'eut pas besoin de plus que la merveilleuse nouvelle lueur dans ses yeux pour savoir qu'elle irait jusqu'au bout du monde avec lui si seulement il l'acceptait. Et puis l'équipage du canon remonta du dessous pour tirer un coup de feu de signal, et les deux furent ramenés du haut paradis de leur bonheur naissant au pont du U-33, défiguré par les intempéries.

Une heure plus tard, le navire longeait la côte d'une beauté merveilleuse à côté d'une prairie parcourue d'une rive à couper le souffle, s'étendant sur un mille à l'intérieur jusqu'au pied d'un plateau, lorsque Whitely attira l'attention sur une vingtaine de silhouettes descendant de l'élévation vers la plaine en contrebas. Les moteurs furent mis en marche arrière et le bateau fut stoppé tandis que tout l'équipage se rassemblait sur le pont pour observer le petit groupe qui venait vers eux à travers la prairie.

"Ils sont des Galus", s'écria Co-Tan ; "ce sont mes propres gens. Laissez-moi leur parler, de peur qu'ils pensent que nous venons les combattre. Déposez-moi à terre, mon homme, et je vais les rencontrer."

La proue du sous-marin fut dirigée tout près de la berge escarpée, mais lorsque Co-Tan voulut s'élancer en avant seule, Bradley saisit sa main et la retint. "Je vais avec toi, Co-Tan", dit-il, et ensemble, ils avancèrent pour rencontrer le groupe qui approchait.

Il y avait environ vingt guerriers qui avançaient en ligne mince, comme notre infanterie avance en éclaireurs. Bradley ne put s'empêcher de remarquer la nette différence entre cette formation et les méthodes chaotiques des tribus inférieures avec lesquelles il avait été en contact, et il fit remarquer cela à Co-Tan.

"Les guerriers Galu avancent toujours ainsi dans la bataille", dit-elle. "Les peuples inférieurs restent en un groupe serré où ils peuvent à peine utiliser leurs armes, tout en présentant une cible si grande pour nous que nos lances et nos flèches ne peuvent pas les manquer ; mais lorsqu'ils lancent les leurs sur nos guerriers, s'ils ratent le premier homme, il n'y a aucune chance qu'ils tuent quelqu'un derrière lui.

"Reste immobile maintenant", elle les avertit, "et croise les bras. Ils ne nous feront alors aucun mal."

Bradley fit ce qu'on lui demandait, et tous deux se tinrent les bras croisés tandis que la ligne des guerriers s'approchait. Lorsqu'ils furent à une cinquantaine de mètres, ils s'arrêtèrent et l'un d'eux parla. "Qui êtes-vous et d'où venez-vous ?" demanda-t-il ; et alors Co-Tan poussa un petit cri de joie et s'élança avec les bras tendus.

"Oh, Tan !" s'exclama-t-elle. "Ne reconnais-tu pas ta petite Co-Tan ?"

Le guerrier regarda, incrédule, un moment, puis lui aussi s'élança en avant et, quand ils se rencontrèrent, prit la jeune fille dans ses bras. C'est alors que Bradley ressentit pleinement une sensation qui lui était nouvelle : une haine soudaine envers l'étrange guerrier devant lui et le désir de tuer sans savoir pourquoi il le voudrait. Il se précipita rapidement aux côtés de la jeune fille et lui saisit le poignet.

"Qui est cet homme ?", exigea-t-il d'un ton glacial.

Co-Tan tourna un visage étonné vers l'Anglais et éclata soudainement de rire. "C'est mon homme, Brad-lee", s'écria-t-elle.

"Et qui est Brad-lee ?", exigea le guerrier.

"C'est mon homme", répondit Co-Tan simplement.

"Par quel droit ?" insista Tan.

Et elle lui raconta brièvement tout ce qu'elle avait traversé depuis que les Wieroos l'avaient enlevée, et comment Bradley l'avait sauvée.

"Tu es satisfaite de lui ?" demanda Tan.

"Oui", répondit fièrement la jeune fille.

C'est alors que l'attention de Bradley fut attirée par un mouvement au bord du plateau, et en regardant de plus près, il vit un cheval portant deux personnes glissant en bas de la pente raide. Une fois en bas, l'animal se mit à galoper à toute vitesse à travers la prairie. C'était un magnifique animal - un grand étalon bai avec une tête blanche et des membres antérieurs blancs jusqu'aux genoux, son corps ceinturé par une large sangle blanche ; et lorsque le cheval s'arrêta brusquement à côté de Tan, l'Anglais vit qu'il portait un homme et une fille - un homme grand et une fille aussi belle que Co-Tan. Lorsque la fille aperçut cette dernière, elle glissa du cheval et courut vers elle en criant de joie.

L'homme descendit de cheval et se tint aux côtés de Tan. Comme Bradley, il était vêtu à la manière des guerriers environnants, mais il y avait une différence subtile entre lui et sa compagne. Peut-être détecta-t-il une similaire différence chez Bradley, car sa première question fut : "De quel pays ?" et bien qu'il parlât en Galu, Bradley crut déceler un accent.

"Angleterre", répondit Bradley.

Un large sourire éclaira le visage du nouveau venu lorsqu'il tendit la main. "Je suis Tom Billings de Santa Monica, en Californie", dit-il. "Je sais tout de toi, et je suis ravi de te trouver en vie."

"Comment es-tu arrivé ici ?" demanda Bradley. "Je croyais que notre groupe était le seul de l'extérieur à être jamais entré à Caprona."

"C'était le cas, jusqu'à ce que nous venions à la recherche de Bowen J. Tyler Jr.", répondit Billings. "Nous l'avons trouvé et nous l'avons renvoyé chez lui avec sa fiancée, mais on m'a retenu prisonnier ici."

Le visage de Bradley s'assombrit - alors ils n'étaient pas parmi des amis après tout. "Il y a dix d'entre nous là-bas sur un sous-marin allemand avec des armes légères et un canon", dit-il rapidement en anglais. "Il ne sera pas difficile de s'échapper de ces gens."

"Tu ne connais pas mon geôlier", répondit Billings, "sinon tu ne serais pas si sûr. Attends, je vais te le présenter." Et en se tournant vers la fille qui l'accompagnait, il l'appela par son nom. "Ajor", dit-il, "permets-moi de te présenter le lieutenant Bradley ; Lieutenant, Madame Billings - ma geôlière !"

L'Anglais rit en serrant la main de la jeune fille. "Tu n'es pas aussi bon soldat que moi", dit-il à Billings. "Au lieu d'être fait prisonnier moi-même, j'en ai fait un - Madame Bradley, voici Monsieur Billings."

Ajor, rapide à comprendre, se tourna vers Co-Tan. "Tu vas revenir avec lui dans son pays ?", demanda-t-elle. Co-Tan l'admit.

"Tu oses ?" demanda Ajor. "Mais ton père ne le permettra pas - Jor, mon père, Grand Chef des Galus, ne le permettra pas, car comme moi tu es cos-ata-lo. Oh, Co-Tan, si seulement nous le pouvions ! Comme j'aimerais voir toutes les choses étranges et merveilleuses dont me parle Tom !"

Bradley se pencha et chuchota à son oreille. "Dis le mot et vous pourrez tous les deux partir avec nous."

Billings entendit et, parlant en anglais, demanda à Ajor si elle voulait partir.

"Oui", répondit-elle. "Si tu le souhaites ; mais tu sais, mon Tom, que si Jor nous capture, vous paierez tous les deux de votre vie - ni son amour pour moi ni son admiration pour toi ne pourra vous sauver."

Bradley remarqua qu'elle parlait en anglais - un anglais cassé comme celui de Co-Tan mais tout aussi séduisant. "Nous pouvons facilement vous faire monter à bord du navire", dit-il, "sous un prétexte ou un autre, et ensuite nous pourrons prendre la mer. Ils ne peuvent ni nous nuire ni nous retenir, et nous n'aurons pas à tirer un coup de feu contre eux."

Et c'est ainsi que cela se fit, Bradley et Co-Tan emmenant Ajor et Billings à bord pour leur "montrer" le navire, qui leva presque immédiatement l'ancre et s'éloigna lentement vers la mer.

"Je déteste le faire", dit Billings. "Ils ont été formidables pour moi. Jor et Tan sont des hommes formidables et ils me considéreront comme un ingrat ; mais je ne peux pas gaspiller ma vie ici alors qu'il y a tant à faire dans le monde extérieur."

Alors qu'ils descendaient la mer intérieure en passant devant l'île d'Oo-oh, les récits de leurs aventures furent rejoués, et Bradley apprit que Bowen Tyler et sa femme avaient quitté le pays des Galus seulement quinze jours auparavant, et qu'il y avait toutes les raisons de croire que le Toréador pouvait encore se trouver dans le Pacifique, non loin de l'embouchure souterraine de la rivière qui déversait les eaux chaudes de Caprona dans l'océan.

Tard dans la deuxième journée, après avoir traversé des essaims de reptiles hideux, ils se sont immergés à l'endroit où la rivière pénétrait sous les falaises et peu de temps après sont remontés à la surface ensoleillée du Pacifique ; mais nulle part, aussi loin qu'ils pouvaient voir, il n'y avait de signe d'une autre embarcation. Ils ont suivi la côte en direction de la plage où Billings avait effectué sa traversée en hydro-aéroplane, et juste au crépuscule, l'observateur annonça une lumière droit devant. Il s'avéra qu'elle était à bord du Toréador, et une demi-heure plus tard, il y eut une réunion sur le pont du joli petit yacht, telle que personne là-bas n'avait jamais rêvé qu'elle pourrait être possible. Parmi les Alliés, seuls Tippet et James étaient à pleurer, et personne ne pleurait les morts des Allemands ni Benson, le traître, dont la vilaine histoire avait été racontée pour la première fois dans le manuscrit de Bowen Tyler.

Tyler et le groupe de secours venaient d'atteindre le yacht cet après-midi-là. Ils avaient entendu, faiblement, les coups de feu de signal tirés par le U-33, mais n'avaient pas pu en localiser la direction et avaient donc supposé qu'ils provinssent des canons du Toréador.

Ce fut une joyeuse réunion qui navigua vers le nord en direction de la Californie ensoleillée, l'ancienne U-33 traînant dans le sillage du Toréador et portant avec ce dernier le glorieux drapeau étoilé sous lequel elle était née dans le chantier naval de Santa Monica. Trois couples nouvellement mariés, dont les liens étaient désormais dûment solennisés par le maître du navire, se réjouissaient dans la paix et la sécurité des eaux inexplorées du Pacifique Sud et de la lune de miel unique qui, si ce n'était pas pour le devoir impérieux qui les attendait, ils auraient souhaité prolonger jusqu'à la fin des temps.

Et ainsi, un jour, ils sont arrivés au quai du chantier naval que Bowen Tyler contrôlait maintenant, et là, la U-33 repose toujours, tandis que ceux qui ont passé tant de jours mouvementés à l'intérieur d'elle et à cause d'elle ont suivi leur propre chemin.

FIN